Beck'sche Reihe
BsR 1007

Die „kleine Schwester von Paris" oder die „südlich-ste Stadt des Nordens"? Eine Beton-Burg für EG-Beamte oder die europäische Hauptstadt der Zukunft? Brüssel bleibt ein unbekanntes Wesen. Doch die Stadt rückt im Zuge der europäischen Einigung in den Mittelpunkt. Die kleine Metropole wirkt wie ein Versuchslabor Europas: extreme Internationalität bewirkt administratives Chaos, aber auch kreative Energie. Brüssel bewegt sich. Mathias Döpfner beschreibt in einem knappen halben Hundert alphabetisch geordneter Reportagen, in Glossen und atmosphärischen Momentaufnahmen Kunst und Kultur, Geschichte und Gegenwart, Sonnen- und Schattenseiten, aber auch kleine Alltäglichkeiten, die Brüssel zu Brüssel machen.

Mathias Oliver Christian Döpfner, Dr. phil., geboren 1963 in Bonn, studierte in Frankfurt und Boston Musikwissenschaft, Germanistik und Theaterwissenschaft, leitete in München eine PR-Agentur und arbeitet nun für den Verlag Gruner + Jahr, zunächst in Paris und seit 1993 in Hamburg. Aus Brüssel berichtete er zwei Jahre lang als Benelux-Korrespondent der Frankfurter Allgemeinen Zeitung, für die er seit 1982 schreibt. Außerdem: Reportagen und Rezensionen für die Schweizer „Weltwoche". 1992 Axel-Springer-Journalistenpreis. Buchveröffentlichungen: Neue Deutsche Welle – Kunst oder Mode?, Ullstein 1984; Erotik in der Musik, Ullstein 1986 – Co-Autor: Thomas Garms; Musikkritik in Deutschland, Lang 1991.

Die Reihe „Insider-Lexika" wird von Gisela M. Freisinger herausgegeben. Bisher sind erschienen:
Gisela M. Freisinger: New York (BsR 422); Elke und Gundolf Freyermuth: Berlin (BsR 490) sowie Josef Oehrlein: Madrid (BsR 1008).

MATHIAS DÖPFNER

Brüssel

Das Insider-Lexikon

VERLAG C.H.BECK MÜNCHEN

Buchillustrationen: Uwe Göbel
Foto Innenseite vorne: Geo France
Foto Innenseite hinten: Christian Berthold

Die Deutsche Bibliothek – CIP-Einheitsaufnahme

Döpfner, Mathias:
Brüssel : das Insider-Lexikon / Mathias Döpfner.
– Orig.-Ausg. – München : Beck, 1993
  (Beck'sche Reihe ; 1007)
  ISBN 3 406 37397 6
NE: HST; GT

Originalausgabe
ISBN 3 406 37397 6

Umschlagentwurf von Uwe Göbel, München
Umschlagabbildung: Fotoillustration von Uwe Göbel, München
© C.H.Beck'sche Verlagsbuchhandlung (Oscar Beck), München 1993
Gesamtherstellung: Presse-Druck- und Verlags-GmbH, Augsburg
Gedruckt auf säurefreiem, aus chlorfrei gebleichtem Zellstoff
hergestelltem Papier
Printed in Germany

Inhalt

5

Anflug – statt eines Vorworts. Montag morgen in der Frühmaschine Berlin–Brüssel. Neben mir sitzt ein Herr, der aus dem Sitz quillt wie eine Dampfnudel. Rotes Gesicht, blauer Anzug, blaue Krawatte, Schuppen-Schnee auf der Schulter, ein Geruch nach „Old Spice". Auf dem Schoß liegt die neueste Nummer von „Eurobarometer", dem statistischen Informationsdienst der EG. Auf die Landung freut mein Nachbar sich nicht: „In Brüssel ist doch nicht viel los. Da können Sie ganz gut essen, aber sonst…"

Seit drei Jahren schon flieht er nach der Arbeit jedes Wochenende so schnell wie möglich nach Hause. Er fühlt sich bestätigt: Kaum eine Stadt hat so eine schlechte Presse. Immer wieder kann man lesen, daß sich in der belgischen Kapitale alles nur um NATO- oder EG-Probleme dreht. Ein Bürokraten-Bunker. Ansonsten: schmutzig, teuer, tot. Brüssel – das Bonn Europas?

Der typische Brüssel-Aufenthalt ist grundsätzlich kurz: So wie Belgien ein Land ist, das man nur vom Durchreisen, nach Frankreich, nach Holland oder nach England, kennt und von dem man deshalb nicht viel mehr mitbekommt als die energieverschwenderisch beleuchteten Autobahnen, so ist Brüssel die unangefochtene Stadt der Geschäftsreise. Irgendeine Besprechung, ein Weiterbildungsseminar vielleicht – man hat da „zu tun", und man tut es so schnell wie möglich.

Vor und nach dem offiziellen Anlaß wird in der Regel folgendes Pflichtprogramm absolviert: zehn Minuten auf der Grand Place, ein ehrfürchtiger Blick hinauf zu den barocken Zunfthäusern, ein paar Schritte weiter zum Manneken Pis, wer noch etwas Zeit hat, fährt raus zum Atomium und dann auf dem Weg zum Flughafen noch schnell bei „Godiva" vorbei – die belgischen Pralinen als Mitbringsel.

Wer Brüssel so erlebt, sieht vor allem die Nachteile. Zunächst fällt in dieser Stadt der Dreck auf. Ein Spaziergang vom Belle Epoque-Hotel „Metropol" Richtung Börse wird zum Slalom zwischen Hundehaufen. Mülltonnen gibt es nicht, den Abfall stellen die Leute in Plastiksäcken einfach auf die Straße. Viele Altbauten, die Brüssel immer noch im Überfluß hat, präsentieren sich mit rissigen Fassaden in erbärmlichem Zustand. Obendrein verderben jüngere Betonsilos, brutale Büro-Wolkenkratzer den ersten Blick auf das Stadtbild.

Brüssel braucht Zeit. Nur wer sich wirklich auf die Stadt einläßt, wer sich treiben läßt und die Geduld hat, sich nach allen Regeln der Kunst zu verirren in den vielen verwinkelten alten Gassen, auf den großen Boulevards und in den Parks, wird die verborgenen Reize entdecken: die Schönheit der alten, unberührten großbürgerlichen Jugendstil-Wohnviertel in der Oberstadt, eines der siebzig Museen oder eine der rund hundertvierzig Kunstgalerien, die unerwartet hinter einer Straßenecke auftauchenden Plätze oder die unzählbaren Kneipen und Cafés, die mit ihren verrauchten Wänden und Email-Reklamen noch wirklich alt sind, nicht „auf alt gemacht" wurden. Es ist ein morbider Charme und zugleich eine unkontrollierte Lebendigkeit, die von dieser Stadt ausgehen. Anziehende Gegensätze.

Hundedreck und das Pferdeleder-Schuhwerk internationaler Geschäftsleute, verschwiemelte alte Viertel und futuristische Wolkenkratzer – Widersprüche bestimmen das Flair. Und nach einiger Zeit fängt man an, sogar den Schmutz zu mögen. Irgendwie gehört er zum schlampigen Esprit, und irgendwie wirkt er wie eine Garantie, daß die Stadt lebendig, aber nicht clean, modern, aber nicht cool ist.

Organisation und Perfektion sind den Brüsselern ein Greuel. On s'arrange, man arrangiert sich – das ist nicht nur Redewendung, sondern auch ein Schlüssel zur Mentalität dieser Stadt. Eine griffige Identität besitzt dieses Metropölchen nicht. Gemeinsam hat die knappe Million Individualisten eine extreme Toleranz, eine weltoffene Liberalität, die man so anderswo vergeblich sucht. Der extrem hohe Ausländeranteil von mehr als 25 Prozent, die Konflikte zwischen den niederländisch sprechenden Flamen und den französisch parlierenden Wallonen – all das führt zu Konflikten, aber vor allem zu einem kreativen, sehr kosmopolitischen Chaos.

Brüssel ist offen. Die gesellschaftlichen Strukturen sind ungewöhnlich flexibel. In London und Paris etwa, den wirklichen Welt- und Hauptstädten, weiß man seit Jahrzehnten, auf welcher Party, bei welcher Ausstellungseröffnung, in welchen Geschäften „man" gesehen werden muß, auf welche Künstler, auf welche Grundstücke, auf welche Wohngegenden, auf welche Seilschaften es ankommt. In Brüssel sind solche „Werte" unwichtiger, weil keiner den Überblick hat, weil – jenseits einer schon wieder sehenswert museal erstarrten Bourgeoisie – nichts sedimentiert, sondern noch alles in Bewegung ist. In Brüssel begegnet ein großer theoretischer Anspruch, „die Hauptstadt Europas" zu sein, einer – noch – vergleichsweise unmondänen Urbanität. Das schafft Nachholbedarf und jede Menge Probleme – vor allem aber Dynamik.

Wenn man am Wochenende um drei Uhr morgens den Boulevard Anspach überquert, um hinter dem alten Getreidemarkt noch einen letzten Kaffee zu nehmen, herrscht auf der Straße ein Geschiebe und Gedränge, das um diese Zeit nicht einmal die Plaza Major in Madrid zu bieten hat. Selbst im Winter besitzt Brüssel, die „südlichste Stadt des Nordens", ein mediterranes Flair.

Wer in Brüssel nur weilt, um zu arbeiten – und das tut ein Großteil der dort beschäftigten Berufseuropäer –, kann hier lange leben, ohne etwas zu erleben. Die Stadt mag es nicht, wenn man ihr nur montags bis freitags auf dem Weg von der Wohnung ins Büro einen flüchtigen Blick schenkt. Aber Brüssel ist voll von Pendlern. Und sie bestimmen, am Wochenende zu Hause in England, Frankreich, Deutschland oder Holland, das Bild, das Nachbarn sich von diesem urbanen Wesen machen.

Es gilt nichts zu beschönigen: Man kann, man muß sich über diese Stadt aufregen – wenn man sie liebt.

Aber: Falls es stimmt, daß Brüssel die eifersüchtige „kleine Schwester von Paris" ist, dann ist mir diese etwas ungeschickt gekleidete Schönheit nicht selten lieber als die stark geschminkte Grande Dame an der Seine. Während die eine seit Jahrzehnten verwöhnt wird, muß die andere ihren Charme noch beweisen. Die kleine Schlampe Brüssel hat noch Hunger, Paris rülpst schon.

Abschlepper – und warum sich Parken manchmal auch da verbietet, wo es erlaubt ist. Die Brüsseler Polizei ist nicht unbedingt für ihren Fleiß bekannt. In einem Punkt aber wirkt sie ebenso effizient wie stringent: beim Abschleppen der Autos. Da die belgische Zahlungsmoral durch Strafzettel kaum zu beeindrucken ist, macht man gar nicht erst halbe Sache, sondern evakuiert mitunter ganze Straßenzüge. Bei angezeigtem Halteverbot leuchtet dies ein – und man kann, theoretisch wenigstens, vorbeugen. Mitunter aber werden auch in eigens gekennzeichneten Parkzonen – zur Vorbereitung der Straßenreinigung etwa – abends Verbotsschilder aufgestellt. Wenn der nichtsahnende Pkw-Besitzer dann am nächsten Tag nicht noch vor Morgengrauen aufsteht, findet er sein Auto in einem Käfig des Abschleppdienstes wieder. Und muß sich auf umständliche Anmeldeprozeduren und stundenlanges Warten auf dem zuständigen Polizeirevier einstellen. Begründungen für die Fahrzeugentfernung kann der Betroffene erst nach Bezahlung der Strafgebühr von 3000 BFR, das sind rund 150 DM, erfragen. Beschwerde einlegen darf er danach. Jeder Tag, den das Auto bei dem Abschleppdienst bleibt, kostet zusätzlich Geld. Wer da zur falschen Zeit in Urlaub ist, bekommt leicht eine Rechnung von mehreren hundert Mark präsentiert. Eine Zahlungsweigerung aus verletztem Rechtsempfinden sollte man sich gut und schnell überlegen: Nach vier Wochen wird der Wagen meistbietend versteigert.

Abwege eines Fritten-Fans – das Geheimnis der Brüsseler Kartoffelstäbe. *Der Anfänger* sucht die Dunkelheit. Bei fortgeschrittener Dämmerung verläßt er das Haus, eilt mit ängstlich kreisendem Blick und stark erhöhter Speichelproduktion um zwei Ecken zu einem wohnwagenähnlichen Kasten mit der Aufschrift „Frituur – Friture", sichert sich noch einmal nach allen Seiten ab, um jede Verfolgung oder Beobachtung auszuschließen, begibt sich hastig an die Theke und schleudert mit leicht verstellter Stimme die Worte „Frites avec Ketchup" hervor. Kaum ist die Tüte mit dem Objekt seiner Begierde gefüllt, packt er die Beute und zieht sich in den Schutz des nächsten Baumes oder einer Hauseinfahrt zurück, um sich gierig und in hastigen Bissen, nur ab und zu noch mit geweiteten Augen aufblickend, der hemmungslosen Triebbefriedigung hinzugeben. Nach Hause zurückgekehrt, erzählt er seiner Frau etwas von einem kurzen Abendspaziergang, ißt anstandshalber ein paar Bissen von den getrüffelten Filetspitzen mit wildem Reis an Broccoli, um sich dann zu entschuldigen: „Du weißt doch, Schatz, daß ich abends nie so viel essen kann."

Zugereiste Fritten-Freunde, die ihr Coming out noch nicht hinter sich haben, gleichen Triebtätern oder zumindest Männern, die ihre Frauen betrügen. Ihre Leidenschaft halten sie für eine Sünde – und deshalb geheim. Der Genuß von in Öl gebakkenen Kartoffelstäbchen gilt international als Expertise der Geschmacklosigkeit, als gesellschaftlich diskreditierendes Signal einer verfeinertem Lebensgenuß hohnsprechenden Unkultur. Während man dem gelegentlichen Konsum von Hamburgern in Ausnahmefällen noch ein gezieltes Understatement zu unterstellen gewillt ist, decouvriert sich der Fritten-Esser als hoffnungslos zungentauber Pommes-Prolet.

Wer jedoch in einer schwachen Stunde dem schlechten Image des in fast allen anderen Ländern der Welt weichen, in altem Öl durcheinandergepanschten Kartoffel-Fast foods für einen Moment mißtraut und sich in die Brüsseler Niederungen des kulinarischen Red-light-districts begibt, der wird schon nach der ersten Erfahrung abhängig und fortan von dem Geruch des Frittenfetts unwiderstehlich angezogen wie einst Odysseus vom Gesang der Sirenen.

Belgien ist das Heimatland der Pommes frites. Und Brüssel behauptet auch trivialgastronomisch seinen Ruf als Hauptstadt. Hier gibt es nicht nur die besten Küchenmeister der vierkantigen Kartoffelspezialität, hier stehen auch die meisten Verkaufsbuden des Landes. Eine Zählung will herausgefunden haben, daß es in der Stadt an der Senne mehr Friterien gibt als Toilettenhäuschen. Statistiken über den Pommes-Konsum der Belgier liegen nicht vor, allein ein flüchtiger Blick auf die Straßen aber beweist zu fast jeder Tageszeit die überdurchschnittliche Fritten-Freudigkeit der Bevölkerung. Eine der wenigen Eigenschaften und Vorlieben übrigens, die Flamen und Wallonen wirklich verbindet.

Für Belgiens Vormachtstellung gibt es historische Gründe. Denn auch wenn das anglophone Ausland von French fries spricht und die Grande Nation kleinkariert die Erfindung für sich reklamiert – nicht einmal diesen Triumph gönnt man den Belgiern –, läßt sich schwer leugnen, daß die Ursprünge der stäbchenweisen Erdäpfelzubereitung auf belgischem (und lediglich zeitweise französisch besetztem) Gebiet, genauer in Lüttich, zu lokalisieren sind. Dort waren die Frites schon im achtzehnten Jahrhundert eine beliebte Volkskost.

Eine verbreitete Erklärung macht Mangel für die Erfindung verantwortlich: Da im Winter die Flüsse und Seen zugefroren waren und kleine Fische zum Fritieren kaum noch zur Verfügung standen, schnitt man Kartoffeln in – annäherungsweise fischförmige – Stücke und warf sie in das heiße Fett. Fast dreihundert Jahre Erfahrung in der Zubereitung und im Verzehr fritierter Erdäpfel gehen an keinem Volk spurlos vorüber. Die Belgier machten sie zu ihrer alle sozialen Schichten durchdringenden Leibspeise und – neben Grünem Aal, Chicorée (alias Witlof) und dem Hühnereintopf Waaterzoi – zum Nationalgericht.

Der Fortgeschrittene sucht also das gedämpfte Licht gepflegter Gastronomie. Er zuckt nicht mehr, wenn ihm in einem bürgerlichen Brüsseler Restaurant Miesmuscheln mit Pommes frites vorgesetzt werden. Die Schamgrenze hat er längst überwunden. Unter Gleichgesinnten, aber auch unter den Augen irritierter Neulinge frönt er dem fröhlich-fettigen Lustgewinn. Ungeniert genießt er die nach den Dogmen der Haute cuisine anarchische Kombination, melangiert Muscheln mit den rechteckigen, nicht zu stark gesalzenen Kartoffelschnitzen, goutiert und beurteilt die Knusprigkeit, die Festigkeit, den Grad der goldbraunen Färbung, rätselt, ob frische oder tiefgefrorene Rohstoffe Verwendung fanden, und reflektiert über die Qualität des Öls und die angemessene Größe der einzelnen Stäbe (kein Zweifel: Auch bei Pommes gibt es einen „goldenen Schnitt").

Die Gründe für den legendären und geheimnisumwitterten

Wohlgeschmack der belgischen und besonders Brüsseler Fritten sind so vielschichtig nicht: Grundbedingung ist eine gute, leicht mehlige und doch saftige Kartoffel. Im Gegensatz zu deutschen oder amerikanischen Gewohnheiten verwenden Belgiens ernstzunehmende Friterien nicht Rohstoffe, die in Fabriken geschnitten, vorgesotten, tiefgefroren und zellophanverpackt wurden, sondern frisch coupierte und sofort verarbeitete Erdäpfel. Kein Einzelfall ist die Bude in St. Gilles, deren Verkäufer erst nachdem er die Bestellung aufgenommen hat, eine geschälte Kartoffel nach der anderen in eine manuelle Zuschneidemaschine steckt, aus der die Stäbchen dann unten herausquellen wie die Fäden von frisch gemachtem Hackfleisch.

Entscheidend ist ferner das Fett. Tierisch sollte es sein, und nicht zu lange benutzt darf es werden. Am besten ist helles Rinderfett. Ob die Kartoffelstücke nun in einem Durchgang krustig gebacken werden müssen oder ob sie noch besser schmecken, wenn man sie im etwa 120 Grad heißen Öl angart, herausnimmt, abtropfen und abkühlen läßt und sie dann noch einmal kurz bei 180 Grad krustig backt – über solche Details streiten die Fritten-Freaks. Ein Zankapfel bleibt auch die Art und Weise der Sauce. Neben dem in Belgien ziemlich unbeliebten Tomaten-Ketchup bieten die meisten „Frituuren" sechs oder noch mehr kalorienstarke Würzpasten an, etwa scharfe Zigeunersaucen, zähflüssige Kräuterremouladen oder die „Sauce Tatare". Traditionsbewußte Belgier und geschmackssichere Kartoffel-Touristen aber kennen nur eine ultimative Art des Genusses: Frites mayonnaise. Möglichst nicht zu dickflüssig sollte sie sein. Im übrigen verlangt ein Conaisseur seine Sauce „a part", also nicht einfach auf die Fritten geklatscht, sondern in einem separaten Schälchen zum Tunken. Aber was heißt hier Fritten, bei uns würde man das nur in Luxusrestaurants bekommen: als Erdäpfelstäbchen an Mousseline Bruxelloise.

Der Erfahrene schließlich sucht das helle Tageslicht. Daß er sein Perlhuhn im Feinschmeckerrestaurant nur mit Frites und nicht etwa mit Kartoffelpüree bestellt, ist für ihn längst selbstverständlich. Den wahren Lustgewinn indes verspürt er erst an einem sonnigen Sommermittag beim Essen und Plaudern an einer guten Frittenbude. Den Gast oder den Geschäftsfreund, der seinen Brüssel-Aufenthalt mit einem Dejeuner in einem sternengeschmückten Gourmet-Lokal beginnen möchte, nimmt er ohne Widerspruch zu dulden zuerst einmal mit zu seinem Lieblingsfriteur, zur Friterie Jourdan in Etterbeek etwa, vielleicht zu Bollewinkel unweit der Grand Place, zur Friterie Bourse nahe der Börse oder zur Friture de la Mayonnaise in Saint-Gilles. Genüßlich und mit kräftiger Stimme bestellt er dann zwei Portionen Pommes frites mit Mayonnaise. Und nach ein paar Bissen wird auch sein Freund verstehen, warum das Einfache schon immer die letzte Zuflucht des komplizierten Menschen war. Vor allem in Brüssel.

Archiduc, Alice und die anderen – der Treffpunkt der Intellektuellen hat eine halbseidene Vergangenheit. Ich bin Madame Alice nie begegnet. Überhaupt scheint niemand sie zu kennen, nicht einmal ihr Nachname ist in den Archiven der Stadt bekannt, aber eines wissen alle: Madame Alice hat 1937 das schönste Brüsseler Café kreiert. Was heißt hier Café. Die Belgier sagen Café, wenn sie Kneipe meinen. Kneipe wiederum beschreibt das Etablissement und seine Atmosphäre noch weniger. Bar klingt auch nicht richtig. Wer von „Maison de rendez-vous" spricht, verrät zwar etwas von der halbseidenen Vergangenheit dieses Platzes, aber seine Funktion beschreibt der Begriff – ziemlich wörtlich übersetzt – noch am besten: „Man" trifft sich im L'Archiduc in der Rue Antoine Dansaert Nummer 6.

Zumindest jene Branchés, die in der Literatur, Musik und Kunstszene den Ton angeben (beziehungsweise gerne angeben würden), oder mit Werbung, Mode und Medien ihr Geld verdienen, haben hier fast an jedem Abend ihren Auftritt. „Nur der Samstag gehört den Touristen, da ist von unserem Stammpublikum selten jemand zu sehen", sagt Jean-Louis Hennaert, seit 1986 Besitzer des legendären Ortes. Auch Hennaert hat Madame Alice nie gekannt, aber er schwärmt noch heute von ihrem Esprit und ihrem Geschmack, als hätte er einst ein Verhältnis mit ihr gehabt. Sie sei für die „Magie" des Archiducs verantwortlich und dafür, daß man nicht mehr von ihm loskommt, am wenigsten der Besitzer: „Ich hätte schon längst drei neue, viel profitablere Läden eröffnen können, aber das Archiduc ist wie eine Droge. Ein goldener Käfig."

Ursprünglich waren in dem um die Jahrhundertwende gebauten Haus zwei kleine Geschäfte. 1937 ließ jene Alice dann die Trennwand einreißen, durch zwei Säulen ersetzen und ihr Etablissement nach Art der „Art Deco" einrichten. In seinen ersten Jahren war das Archiduc ein Bordell. Hier vertrieben sich die Händler von der zwei Minuten entfernten Börse nach einem erfolgreichen Geschäftstag die Zeit, suchten nach den schönsten „filles de joies" der Stadt. „Maison de rendez-vous" nannte man das damals. Der Bestimmung trägt die Einrichtung Rechnung. Die Tische gruppieren sich an der Wand entlang, die dick gepolsterten Sitzbänke waren durch Holzwände und ein Eisentürchen wie kleine Séparées voneinander getrennt. Nur die Trennwände und die Türen verschwanden in den fünfziger Jahren, ansonsten ist alles beim alten geblieben: die grüngemusterten Polstersessel, die Tische, die geschwungene Bar aus massivem Tropenholz und Marmor und das halbrunde, aus einer vieleckigen Glas- und Eisenkonstruktion gefügte Eingangsportal. Sogar die cremefarbene Galerie im ersten Stock, heute besonders begehrt wegen der guten Aussicht auf die übrigen Gäste, blieb unverändert. In seinen verruchten Anfangstagen – so erklärt der Besitzer – sollen hier zu bestimmten Zeiten die vom Testosteronüberschuß geplagten Männer gestanden oder gesessen haben, während unten die Freudenmädchen mit Nummern in der Hand defilierten. In solchermaßen gehobener Stellung suchte man sich etwas Passendes aus.

Während des Zweiten Weltkriegs wurde das Archiduc von deutschen Besatzern annektiert und war ein Treffpunkt der Offiziere. 1953 kaufte es Stan Brenders, als Jazz-Pianist und Leiter des Jazz-Orchesters des Belgischen Rundfunks seinerzeit eine Kultfigur der Brüsseler Szene. Noch heute hängt ein großes Schwarzweißfoto von ihm wie eine Ikone an der Wand. Brenders machte das Etablissement zum Jazz-Club, überredete belgische und ausländische Musiker, hier vor einem kleinen, aber erlesenen Kreis zu spielen. Nach Brenders' Tod 1969 führte seine Frau Jacqueline den Club weiter. Die Live-Auftritte wurden immer häufiger durch Plattenmusik ersetzt. Wie eine launische Operndiva wachte die Patronin über die Auslese des Publikums. Nur wenn sie Lust hatte, gewährte sie den Klingelnden Einlaß. „Manchmal saß sie nur mit sieben Gästen zusammen und wies trotzdem einen nach dem anderen ‚wegen Überfüllung' an der Tür zurück", erzählt ein Gast, der schon in den frühen siebziger Jahren im Archiduc so manche Nacht verbracht hat. Zur Szene-Legende wurde ein anderer Kunde, der jeden Abend um die gleiche Zeit kam, wortlos und alleine eine Flasche Whisky leerte und dann wieder verschwand. Als ihm irgendwann der Whisky zu teuer wurde, kaufte er sich ein paar Häuser weiter einfach eine eigene Kneipe. Dort trinkt er weiterhin seine Flasche – alleine und wortlos.

Mitte der achtziger Jahre entschied sich die immer älter und launischer gewordene Witwe Brenders', das Archiduc zu verkaufen. „Mindestens 200 Brüsseler Gastronomen waren damals an der Übernahme interessiert", erzählt Jean-Louis Hennaert, den eher das Glück des Unwissenden als gezielte Strategie zum Ziel führte. Vom Verkauf erfuhr der junge Mann, der bisher als Theaterregisseur, Mitbesitzer einer Schallplattenfirma und einer Video-Bar gearbeitet hatte, von einer Taxifahrerin. „Ich bin dann einfach mal vorbeigegangen. Daß Frau Brenders mir schließlich den Zuschlag gab, obwohl alle anderen Bewerber anboten, den Kaufpreis nicht in Raten, sondern sofort und bar zu bezahlen, hat vor allem zwei Gründe. Erstens: Sie glaubte mir, daß ich die Bar nicht umbauen würde, sondern so erhalten wollte, wie sie war. Zweitens und vielleicht noch wichtiger: Ihre Katze mochte mich."

Seither sind nur die Polster der Stühle und die Lampen neu, die Hennaert im schlichten Art Deco-Stil von einem belgischen Designer entwerfen ließ. Und ein paar Gäste sind dazugekommen. Der Kunstkritiker Freddy de Vree zum Beispiel, die Galeristin Marie Puc Brodthaers, der Kunsthändler Baronion und der Flugzeug-Artist Panamarenko trinken hier ihren Aperitif oder den finalen Schlummer-Schnaps. Früher zechten im Archiduc Jacques Brel, Nat King Cole oder Miles Davis, wenn sie in Brüssel waren. Heute kommt Brian Ferry oder fast jeden Abend Arno, ein belgischer Rock-Guru. Einen Sonderstatus genießt Mal Waldron. Der Amerikaner, der von Billie Holiday über Dizzy Gillespie bis zu Charles Mingus nahezu die gesamte amerikanische Jazz-Elite am Klavier begleitet hat, lebt seit einigen Jahren in Brüssel. Und wenn er nicht gerade auf Tournee ist und obendrein gute Laune hat, verwandelt er das Archiduc immer wieder für ein paar Stunden in einen Jazz-Club als stünde noch Stan Brenders hinter dem Tresen. Von seinen Konzerten wissen nur wenige, meist entscheidet er sich sehr kurzfristig, und für PR sorgt nur die Mundpropaganda an der Bar. Oft Sonntag mittags sitzt er dann eingeklemmt zwischen den zwei Säulen am Flügel, horcht mit offenem Mund seinen Improvisationen nach, reißt das Publikum mit sich – und hebt ab.

„Les Agrandissement du ciel en bleu" heißt ein Roman, den der junge belgische Schriftsteller Francis Dannemark 1992 über das Archiduc und seinen besonderen Gast, Mal Waldron, geschrieben hat. „La balade bruxelloise", schwärmte „Le Monde" von diesem verrauchten, nostalgischen und doch sehr gegenwärtigen Buch. Im blauen Dunst des Archiducs schwebt direkt über dem Eingang ein schmiedeeisernes, geschwungenes A. Es kommt aus einer immer noch nicht ganz verlorenen Zeit. Es ist das A von Madame Alice.

Adresse: 6 Rue Antoine Dansaert, Tel.: 5 12 06 52 (täglich von 13–3 Uhr)

Art Nouveau – Brüsseler Luftschlösser. „In dem ungeheuren, mit Teppichen belegten und rings mit einer Boiserie aus dem achtzehnten Jahrhundert bekleideten Speisesaal, von dessen Decke drei elektrische Lüster hingen, verlor sich der Familientisch mit den sieben Personen. Er war an das große, bis zum Boden reichende Fenster gerückt, zu dessen Füßen, hinter niedrigem Gitter, der zierliche Siberstrahl eines Springbrunnens tänzelte. Gobelins mit Schäfer-Idyllen, die wie die Täfelung vorzeiten ein französisches Schloß geschmückt hatten, bedeckten den oberen Teil der Wand. Man saß tief am Tisch, auf Stühlen, deren breite und nachgiebige Polster mit Gobelins bespannt waren." So beschreibt Thomas Mann in seiner erotisch pulsierenden Erzählung „Wälsungenblut" die typische Einrichtung großbürgerlicher Familien zur Gründerzeit: überladen, plüschig, klassizistisch, barockisierend, eklektizistisch – eine in historische Zitate sich flüchtende Rat- und Stil-Losigkeit.

Gegen sie zog – von Brüssel aus – der Jugendstil zu Felde, in Frankreich Art Nouveau, in England Modern Style und in Österreich Secessionsstil genannt. Die ästhetischen Wurzeln des Jugendstils führen zunächst nach England, wo die von William Morris begründete Arts and Crafts-Bewegung seit den sechziger Jahren des neunzehnten Jahrhunderts eine Vereinigung von Kunst und Kunsthandwerk anstrebte. Der überzeugte Sozialist Morris wollte mit vegetabilen Formen, den Ornamenten aus Flora und Fauna, eine humane Kunst „vom Volk für das Volk" schaffen.

Während der deutsche Jugendstil seinen Namen der seit 1896 erscheinenden Zeitschrift „Jugend" verdankt, nannte sich sein französisches Pendant nach einem 1895 in Paris eröffneten Geschäft Art Nouveau, das statt der üblichen Stilimitationen ausschließlich moderne Möbel und Accessoires verkaufte. Die eigentliche Wiege der Art Nouveau-Architektur aber ist ohne Zweifel Brüssel, wo schon 1893 zwei Häuser von Victor Horta und Paul Hankar bezugsfertig wurden, die den neuen Stil in Reinkultur vorführten. Von der belgischen Hauptstadt gingen in den nächsten Jahren die entscheidenden Impulse für eine Architektur aus, die die Stadtbilder der Welt veränderte. Heute noch sind in Brüssel rund 15 000 Jugendstilhäuser erhalten, mehr als tausend werden von den „Archives d'Architecture Moderne" als architekturgeschichtlich bedeutende Monumente eingestuft. Zahllose Restaurants und Cafés, etwa die von Paul Hamesse gestaltete Kneipe „Ultieme Hallucinatie" oder das legendäre „Falstaff" an der Börse, setzen hier der vergangenen Epoche ein Alltagsdenkmal.

Belgien war im neunzehnten Jahrhundert zur mächtigen Industrienation geworden. Brüssel wuchs und wucherte wie ein Tumor, zwischen 1870 und 1910 hatte sich die Bevölkerungszahl mehr als verdreifacht. In diesem Schmelztiegel aus Kolonialwohlstand und Fabrikarbeiterarmut eskalierten auch die sozialen Konflikte. 1886 wurde bei Charleroi ein Arbeiteraufstand blutig niedergeschlagen. Intellektuelle formierten eine neue sozialistische Arbeiterpartei. Kurz zuvor hatte Octave Maus die künstlerisch wegweisende „Groupe des Vingt" und die Kunstzeitschrift „Art Moderne" gegründet.

Neben Impressionisten wie James Ensor gehörte diesem Avantgarde-Zirkel der junge Maler Henry van de Velde an. Er bildete gemeinsam mit Victor Horta und Paul Hankar die Gründergeneration des Art Nouveau, der sich zwar nie offiziell als „sozialistischer Stil" definierte, aber doch unverhohlen mit dieser Politik sympathisierte und von seinen Repräsentanten, etwa dem sozialistischen Bürgermeister Louis Bertrand, tatkräftig unterstützt wurde. Van de Velde etwa war für das grafische Erscheinungsbild der Partei verantwortlich. Horta baute für die Sozialisten das Maison du Peuple, das „kein Palast, sondern ein Haus sein sollte, dessen Luxus in Licht und Luft bestand, die den Arbeitern so lange vorenthalten waren", wie der Architekt in seinen Memoiren schreibt. Der Jugendstil war der progressive Gegenentwurf zur Neo-Gothik, die die konservative katholische Fraktion bevorzugte.

Daß Hortas und Hankars Auftraggeber bald allerdings überwiegend aus den Reihen des Großbürgertums stammten, schien die Architekten nicht zu stören. Ihre wichtigsten Bauwerke waren die Privatvillen für Geschäftsleute, Chemie- und Stahlunternehmer wie Van Eetvelde, Aubecq, Tassel oder Solvay, die sich mit großer Aufgeschlossenheit der stilistischen Innovation verschrieben und als geradezu ideale Bauherren (nahezu unbegrenztes Budget und keinerlei Einmischung) heute wieder Vorbild sein könnten. Wenn es darum ging, seinem Auftraggeber zu schmeicheln, schlug der 1861 in Gent geborene Victor Horta, sicher das radikalste Genie des Art Nouveau, einen eleganten Bogen zum Eigenlob: „Die Kühnheit, mich auszuwählen, war als Zeichen der Tatkraft und der Unabhängigkeit nur ein anderer Ausdruck desselben Unternehmungsgeistes, der die Gebrüder Solvay zur Erfindung des Soda führte."

Die Brüsseler gingen schlecht mit ihrem kunstgeschichtlich so bedeutenden Erbe um. Moderne Verkehrsplanung, Immobilienspekulation und Unachtsamkeit schnitten empfindliche Schneisen in den immer noch eindrucksvollen Bestand an Art Nouveau-Bauten. In den vergangenen Jahrzehnten wurden selbst Schlüsselwerke wie Hortas Maison du Peuple und das Hotel Aubecq abgerissen. Andere, etwa das Kaufhaus Innovation, fielen dem Brand zum Opfer und ein Großteil verwahrloste. „Zahlreiche Gebäude des Art Nouveau wurden so bereits unwiederbringlich zerstört", resümierte der Zwischenbericht eines Unesco-Projekts zur Erhaltung der Jugendstilarchitektur. Dabei sieht heute die Bilanz besser aus als etwa noch Anfang der achtziger Jahre. Das zum Museum ausgebaute Wohnhaus und Atelier Victor Hortas ist mit seiner Bibliothek und einem Archiv zur wichtigen Anlaufstelle der Jugendstilforschung geworden, Touristen bekommen hier in den lichtdurchfluteten, mit hellen Holzmöbeln, weiß lackierten Ziegeln und Marmor ausgestatteten Räumen einen Einblick in die Formensprache des Art Nouveau.

Zu Hortas späten Meisterwerken gehört das 1906 entstandene Haus des Stoffhändlers Waucquez in der Rue des Sables. In dem riesigen Gebäude, dessen lichtdurchfluteter Innenhof von einem Milchglasdach und blumigen Ornamenten überwölbt wird, befinden sich heute eine Ladengalerie, ein Café und das belgische *Comic-Museum*. Keine finstere Ecke ist in dem von Galerien durchwirkten Komplex auszumachen, das von schwerelosen Säulenkonstruktionen getragene Haus transportiert das Flair mediterraner Palazzos in eine Gegend, die zu den düsteren und unwirtlicheren Brüssels gehört.

Gut erhalten ist auch das mit einer weißen Sandsteinfassade außen sehr schlicht wirkende, innen um so prunkvoller ausgestattete Hotel van Eetvelde, das Horta für den Generalverwalter des Belgisch-Kongo entwarf und das heute einer Gasfirma als Verwaltungssitz dient. Die Botschaft von Venezuela residiert im Hotel Tassel in der Rue Paul Emile Janson, das zusammen mit dem nur ein Jahr später, 1894 entworfenen Hotel Solvay auf der Avenue Louise das stilgeschichtlich bedeutendste Bauwerk des Architekten ist.

Eine Huldigung an das Licht: Durch hohe, teilweise nur von dünnen Holzverstrebungen getrennte Fenster flutet das Tageslicht auf beiden Gebäudeseiten in die Innenräume, die in der Bel Etage des Hotels Solvay mauerlos ineinander übergehen oder nur durch Glas voneinander getrennt werden. Die zarten, filigranen Holzrahmen, die diese Glaswände tragen, aber auch die völlig schwerelosen Glasvitrinen mit ihren himmelwärtsstrebenden Vasen, unterstützen den unwirklichen Eindruck: Eine Etage schwebt.

Nach Sonnenuntergang, wenn auch die in Pastellfarben gemusterten Glaskuppeln über dem Treppenhaus des Hotels Solvay kein Licht mehr spenden, übernehmen die aus hundert verschiedenen Glasblumenkelchen strahlenden Lampen die Illumination. Das Spiel mit der Natur erschöpft sich nicht nur in pflanzenartigen Ornamenten. Horta führt die Beziehungen weiter. In dem Hotel Tassel enden die gußeisernen Säulen des Treppenabsatzes in geschmiedeten, grüngestrichenen Palmzweigen, die sich im Spiegel des benachbarten Wintergartens mit den Blättern gewachsener Palmen vereinen.

Neben den Treppenhäusern, die in Hortas Häusern meist eine buchstäblich zentrale Funktion haben – die des raumbeherrschenden Elements, des erhebenden Auf-Tritts –, sind die Eisensäulen ein wichtiges Gestaltungsmittel. Diese Säulen bleiben stets unverkleidet, im Hotel Solvay etwa sind sie nur mit goldgelber Farbe gestrichen. Mögen die übrigen Formen des Art Nouveau noch so weich, einschmeichelnd und umgarnend sein – hier wird die Konstruktion, das Skelett des Hauses freigelegt und in aller Eckigkeit und Kantigkeit offenbart. Die Eisenträger sind die Domäne der geraden Linie, das Refugium des rechten Winkels, den Horta so spannungsreich mit dem Überfluß des Organischen zu kontrastieren versteht. Die schmalen, unverkleideten Säulen sind nicht nur platzsparend und praktisch für ein Konzept der räumlichen Transparenz, sie sind auch das Bekenntnis zur logischen Funktionalität in einer Märchenwelt, die sonst das irrationale Dekor favorisiert.

Umgeben werden sie von wie Clematis wucherndem Holz, von wie Schlüsselblumen blühendem Glas, von wie Wasserwellen fließendem Stoff und wie Feuer züngelndem Metall. Es sind die süß parfümierten, knisternd erotisierten Klänge Franz Schrekers, die man zu hören glaubt, wenn man diese in alle Richtungen treibenden Verästelungen verfolgt. Mit seiner Form hat der Brüsseler Jugendstil selbst den symbolhaften Ausdruck seines Zeitgefühls formuliert: die geschwungene Linie, die Kurve als eine in alle Richtungen sich verlierende und schließlich doch immer nach oben strebende Suche – ein Aufbruch.

Im Hotel Solvay kümmert sich seit 1957 (bis dahin lebte die Witwe des Bauherrn hier) die Familie Wittamer um die Erhaltung dieser Gralsburg des Jugendstils. Jedes Detail ist hier – zumindest in der nicht mehr bewohnten Bel Etage – noch so erhalten, wie es der Architekt vor rund hundert Jahren erdacht hat. Die Besitzer, die das Haus ursprünglich als Atelier für Modeschneiderei erstanden haben, wissen den materiellen und ideellen Wert zu schätzen: Tochter Yolande schrieb sogar ihre Doktorarbeit über das Hotel Solvay. Solch persönliche Denkmalpflege ist freilich die Ausnahme. Andere Monumente des Jugendstils, vor allem jene, die nicht den auratischen Namen Hortas tragen, gammeln in Brüssel immer noch einer ungewissen Zukunft entgegen.

Von Gustave Strauven etwa, dem Meister der kleinen Form –kaum eines seiner Häuser ist breiter als fünf Meter – und der bunten Fassaden, findet man in Schaerbeek manchmal gleich mehrere Beispiele in einer Straße. Das interessanteste Haus aber steht am Square Ambiorix und müßte dringend renoviert werden. Das 1903 für den Maler Saint-Cyr von dem nur zweiundzwanzig Jahre alten Architekten entworfene Gebäude ist knapp vier Meter breit und vier Stockwerke hoch. Türkisfarbene Fensterrahmen winden sich wie Schlingpflanzen um das Glas, das oberste Fenster ist rund wie eine Sonne, darüber verliert sich ein in den Himmel flammendes schmiedeeisernes Ornament. Die vielleicht exzentrischste Blüte dieser floralen Kunst begreift die Fassade als Bild – dreidimensionale Malerei in Stein, Glas und Metall.

Doch was von außen noch recht ansehnlich wirkt, ist drinnen vom Schwamm angefressen und bedürfte dringend substanzerhaltender Arbeit. Vom gleichen Schicksal sind auch zahlreiche Häuser Ernest Blérots bedroht, der fast die gesamte Rue de la Vallee im Stadtteil Ixelles bebaut hatte. Noch schlechter geht es den Häusern von Hamesse, Delune oder Van Rysselberghe und den Trouvaillen in ärmlicheren Quartiers wie Etterbeek, St. Gilles oder Marolles. Vieles ist hier schon unrettbar verrottet. Der Stadt fehlt Geld.

Ein berühmtes Beispiel von Paul Hankar ist das Wohnhaus, das sich der Architekt 1893 in der Rue Defacqz 71 gebaut hat. Es gilt als erstes Brüsseler Beispiel des neuen Stils und damit möglicherweise als frühestes architektonisches Dokument des kontinentalen Jugendstils überhaupt. Der vor allem für seine Metro-Gestaltung berühmte Pariser Architekt Hector Guimard reiste eigens nach Brüssel, um von diesem Gebäude Zeichnungen und Aquarelle anzufertigen (eines davon ist im Musée des Arts Décoratifs in Paris zu sehen). Trotzdem ließ man das Haus lange Zeit verkommen. Die Fassaden wurden bis zur Unkenntlichkeit von Abgasen und Schmutz geschwärzt, die bunten Emaillearbeiten über der Eingangstür verwitterten, im Inneren verrottete wertvolle Bausubstanz, die bei der längst überfälligen Renovierung nur noch zum Teil gerettet werden konnte.

Der jüngste und zugleich älteste Fall Brüsseler Art Nouveau-Denkmalpflege betrifft das Hotel Aubecq von Victor Horta. Das 1899 in der Avenue Louise errichtete Haus gilt vielen als bedeutendstes Werk des belgischen Architekten. 1950 fiel es den Spekulationen einer Immobilienfirma zum Opfer und wurde abgerissen. Auf Initiative des Horta-Schülers Jean Delhaye hin wurde jedoch wenigstens die Fassade erhalten und auf dem Gelände des Cinquantenaire gelagert, um sie später an anderer Stelle wieder aufzubauen. Seither wurden die Steine dreimal an verschiedene Orte zur vorgesehenen Rekonstruktion transportiert, jedesmal fehlte am Ende wieder das Geld. Mittlerweile wurden 7,5 Millionen belgische Franc für die diversen Umlagerungen ausgegeben, ein Wiederaufbau der Fassade würde rund 2,8 Millionen kosten. Mag sein, daß es trotzdem nie dazu kommt. Und vielleicht ist das auch gut so. Hortas Luft-Schloß überlebt in der Imagination.

Die wichtigsten Adressen: Horta-Museum, 23 Rue Américaine (täglich von 14–17.30 geöffnet, montags geschlossen); Hotel Solvay, 224 Avenue Louise (Besichtigung nur nach schriftlicher Vereinbarung mit L. Wittamer de Camps, 224 Av. Louise, 1050 Bruxelles); Atelier Saint Cyr, 11 Square Ambiorix; Wohnhaus Paul Hankar, 71 Rue Defacqz.

Die meisten Jugendstilhäuser sind nicht von innen zu besichtigen. Ausnahmen bei den Besichtigungstouren der Organisation ARAU (37 Rue Henri Maus, Tel.: 5 13 47 61).

Das Atomium sieht alt aus. Es soll immer noch Leute geben, die nicht wissen, wie ein hundertfünfundsechzigmilliarden Mal vergrößertes Eisenmolekül aussieht. Und es scheint nur wenige zu geben, die es für überflüssig halten, diese Wissenslücke zu füllen. Denn das Atomium ist nach dem Manneken Pis die zweitmeistbesuchte Sehenswürdigkeit Brüssels.

Doch während das Manneken Pis wirklich alt ist, sieht das Atomium nur so aus. Gebaut wurde die begehbare Skulptur von dem Architekten André Waterkeyn für die Expo 1958, der (nach 1935) zweiten Weltausstellung, die auf dem Heysel-Plateau unweit des königlichen Schlosses von Laeken stattfand. Aber die durch drei Meter breite Röhren verbundenen neun Stahlkugeln (Durchmesser achtzehn Meter) sind schlecht gealtert. Auch nach der Renovierung von 1989 gibt das aus der Ferne imposant im Sonnenlicht funkelnde Wahrzeichen bei näherer Betrachtung ein ziemlich erbärmliches Bild ab: Der einzige Aufzug, der maximal 22 Besucher in die höchste (genauer: 102 Meter hohe) Kugel liftet (bei meinem Besuch hatte der Fahrtenzähler 6 823 799 Fahrten addiert), wirkt ähnlich desolat wie die rumpelnden Rolltreppen zwischen den einzelnen Röhren. Die Ausstellungen über humanevolutorisch-biophysikalisch-medizinische Themen haben die didaktische Lebendigkeit eines Telefonbuchs mit Fußnoten, und das Restaurant wirkt wie ein ferngesteuertes Franchise-Unternehmen der ehemaligen volkseigenen DDR-Gastronomie. Das einzig Zeitlose an diesem Eiffelturm des kleinen Mannes sind die Souvenirs. Die waren schon in den fünfziger Jahren veraltet.

Béjart – die verhinderte Liebe des Choreographen. Maurice Béjart ist ein König des Balletts und eine Symbolfigur belgischer Kultur. Lange regierte er unangefochten. Béjart und Brüssel – fast drei Jahrzehnte war das eine unzertrennliche Assoziation, die die europäische Hauptstadt in spe ebensogerne hörte wie ihr Kultur-König. Doch dann trat ein zweiter Regent mit Charisma auf den Plan: Gerard Mortier, Direktor des Théatre de la Monnaie, eigentlich Béjarts Vorgesetzter und bald als Motor des „interessantesten Opernhauses Europas" für sein Musiktheater mehr gelobt als der Choreograph. Zwei Könige in einem Reich – das konnte nicht gutgehen.

Béjart zog die Konsequenz nach undurchsichtigen und von dem allesbeherrschenden flämisch-wallonischen Dauergerangel aufgeheizten Streitereien um Geld und Kompetenzen: Er ging 1987 mit seiner Compagnie nach Lausanne, wo man ihm zwar nicht den Glanz einer Metropole, dafür aber ein größeres Budget bot. Sein Kommentar: „Ich habe Belgien nicht verlassen, Belgien hat mich verlassen." Ende 1991 jedoch zog Gerard Mortier als künstlerischer Leiter der Salzburger Festspiele nach Österreich, gleichsam als Nachfolger Karajans. Der Thron des größten Ruhmes war in Brüssel wieder frei.

Da Béjart, ohne sein Gesicht zu verlieren, schlecht in gleicher Funktion zurückkehren konnte, bot der zuständige Minister die Gründung einer „Europäischen Tanzstiftung" an. Der Choreograph könne hier mit seiner Truppe völlig unabhängig arbeiten und jedes Jahr einem anderen europäischen Land ein neues Werk widmen. Die sehr europasymbolische Idee begeisterte die Europäische Gemeinschaft, die möglicherweise das Projekt aus ihrem Haushalt mitfinanziert hätte. Brüssel buhlte um den Franzosen, der eine Rückkehr nicht ausschloß, weil er Brüssel so „sehr liebe". Geheimnisvoll kokettierte er mit der Vieldeutigkeit zweier Buchstaben. Sein nächstes Stück, mit dem der Choreograph erstmals seit seinem Weggang wieder in Brüssel auftrat, nannte er „M pour B.". Musikalisch eine Hommage an Mozart.

Aber auch an den belgischen König Baudouin, mit dem Béjart sich freundschaftlich verbunden weiß. Deshalb deutete man die Abkürzung als Chiffre für Maurice pour Baudouin. Aber auch Mozart pour Béjart wäre denkbar, oder Merci Baudouin. Die kulturpolitische Interpretation jedoch hieß: Maurice pour Bruxelles.

Aber Béjart blieb in Lausanne. Die finanziellen Angebote seien zu kleinkariert gewesen, wurde kolportiert. Und der Choreograph grollte: „Ich bin kein Mann der Rückkehr. Ich habe bis heute noch kein wirklich realistisches Angebot bekommen. Das Kapitel Brüssel ist für mich abgeschlossen."

Doch das wird es nie sein. Seine nächste Choreographie und ein autobiographisches Buch nannte er: „La Mort Subite". Buch und Stück handeln von seinem Vater, den Maurice Béjart durch einen Autounfall verloren hatte. Das letzte Mal vor seinem plötzlichen Tod traf er ihn in seiner Stammkneipe. Es war eine Brüsseler Kneipe. Sie existiert noch heute. Ihr uralter, von einer Biersorte stammender Name: La Mort Subite.

Berlaymont – das europäische Haus. „Le Berlaymont", das ist in Brüssel eine Art Synonym für „Eurokratie" und grau-triste Architektur der sechziger Jahre. Berlaymont heißt heute das Bürogebäude der EG-Kommission. Ursprünglich trug diesen Namen jedoch ein vor drei Jahrhunderten gegründetes Nonnenkloster, das die Frau des Grafen von Berlaymont – dem Gouverneur von Namur und Luxembourg – an eben jener Stelle errichten ließ, wo es erst vor rund dreißig Jahren einer Entscheidungszentrale wich, in der die EG an der Zukunft Europas bastelte: mitunter ebenfalls in gleichsam klösterlicher Ungestörtheit. Le Berlaymonastère, witzelten die Belgier.

Doch das sternförmig in alle Himmelsrichtungen ragende Betongebäude, das mit 23 000 Quadratmetern Glas bei nur 13 Etagen die Vision vom „Gläsernen Beamten" auf wenig reizvolle Weise realisiert hat, wurde im Laufe der Jahre immer unbeliebter. Die Büros haben den Charme eines Laborkäfigs für Versuchstiere. In den labyrinthischen, dunklen Gängen verirren sich selbst altgediente Mitarbeiter. Fassade wie Innenräume verfallen. Einem Generaldirektor fielen eines Tages Deckenkacheln auf den Kopf. Als man obendrein eine hochgradige Asbestverseuchung feststellte und von einer – hochgeheimen – feuerpolizeilichen Studie munkelte, die ergeben habe, daß das Haus im Falle eines Brandes in wenigen Minuten zusammenbrechen würde, war das Maß voll: Das „Monster" – so der Wunsch der meisten EG-Beamten – solle abgerissen werden und einem freundlicheren Riesen weichen.

Doch die Europäische Gemeinschaft ist nicht Besitzer, sondern nur Mieter des Berlaymont. Eigentümer ist eine „société anonyme", die zu siebzig Prozent dem Staat und der Region Brüssel gehört, den Rest der Aktien halten drei belgische Banken. Und die entschieden sich gegen einen Neubau, obwohl der nur ein Drittel mehr gekostet hätte als die von 1992 bis mindestens 1994 währende Renovierung. So bleibt alles beim alten. Tapetenwechsel statt Veränderung. Die symbolträchtige Chance – auch im ganz buchstäblichen Sinne – ein neues europäisches Haus zu bauen, wurde nicht genutzt. Belgier und Bürokraten schimpfen weiter: Le Berlaymonstre.

Adresse: 220 Rue de la Loi, Tel.: 2 35 11 11

Die Börse – mehr als ein Zentrum des Geldes. Die Geburtsstunde der Börse schlug in Belgien. Genauer in Brügge: Um das Jahr 1360 entwickelte sich das Haus des einflußreichen Patriziers van den Beurs (oder van der Burse) – dessen Wappen sinnigerweise drei Geldbeutel trug – zu einem Treffpunkt für Kaufleute, die dort mit Warenposten handelten. Das Haus van den Beurs, das man heute noch besichtigen kann, wurde zur Institution und – so die plausibelste Theorie der Historiker – zum Namensvorbild für die erste Börse, die im Jahre 1409 in Brügge offiziell gegründet wurde. Flandern war im Mittelalter ein florierendes Wirtschaftszentrum Europas, weshalb die zweitälteste Börse der Welt 1460 in Antwerpen gegründet wurde, noch vor Lyon, Amsterdam, Augsburg und Nürnberg. London wirkt da als Finanzplatz mit dem Einweihungsjahr 1554 vergleichsweise jung.

Doch im Geldverkehr zählt nicht Geschichte, sondern Gegenwart. Und da spricht keiner mehr von Brügge. Die Antwerpener Börse gibt es zwar noch, aber sie macht kein nennenswertes Geschäft mehr. Nahezu hundert Prozent des belgischen Börsenumsatzes werden heute in Brüssel verbucht. „Unsere Börse ist zwar nur mittelgroß, weltweit aber immerhin auf Platz fünfzehn", sagt Jean Peterbroeck, der Präsident der Brüsseler Börse, stolz und mit angriffslustig funkelndem Blick: „Zur Zeit kämpfen wir mit Singapur um den vierzehnten Platz."

„La Bourse", das ist in Brüssel nicht nur ein Zentrum des Geldes, sondern, unweit der Grand Place mitten in der Stadt gelegen, auch ein urbaner Knotenpunkt. Um die Börse herum finden sich die besten Kneipen, hier pulsiert das Nachtleben. Und ganz gleich ob streikende Lehrer oder feiernde Studenten, vor den Treppen des imposanten Gebäudes aus dem neunzehnten Jahrhundert nehmen viele öffentliche Kundgebungen ihren Anfang.

Gegründet wurde die Brüsseler Börse wie so viele europäische Aktienmärkte von Napoleon im Jahre 1801. Nach Jahren der Nomadenschaft erhielt sie jedoch erst in den siebziger Jahren des neunzehnten Jahrhunderts eine feste Bleibe, die der Architekt Léon Suys über dem Gemäuer eines Klosters aus dem dreizehnten Jahrhundert (das mit großem Aufwand unterirdisch freigelegt wird) im prunkvollen Stil der Neo-Renaissance errichten ließ. Seit der Einweihung im Dezember 1873 scheint sich in dem Gebäude nicht allzuviel geändert zu haben. Durch das majestätische, von sechs korinthischen Säulen gestützte Portal gelangt man in den mit reichen Deckenstukkaturen verzierten Kuppelsaal auf das hier im ganz buchstäblichen Sinne noch vorhandene Börsenparkett. Zwischen roten Marmorsäulen stehen große, schwülstig geschwungene Holzbänke, auf denen sich ermattete Händler ausruhen. Die Laptops der Broker wirken hier fremd.

Die Kurse werden beim Kassamarkt noch auf Schiefertafeln notiert. Doch der nostalgische, fast beschauliche Eindruck täuscht. Beim entscheidenden Termingeschäft im Untergeschoß ist auch die Anzeigentafel längst computerisiert. 1989 wurde in Brüssel das Computersystem eingeführt und damit ein grundlegender Reformierungsprozeß eingeleitet, „der eine längst überfällige Notwendigkeit war, um in einem europäischen Binnenmarkt überhaupt noch konkurrenzfähig zu sein", erklärt Jean Peterbroeck.

Vorangetrieben von Peterbroeck und belgischen Politikern, besonders von Finanzminister Philippe Maystadt, wurde 1990 ein ganzes Paket von neuen Gesetzen und Strukturen beschlossen. Zu den wichtigsten Änderungen, die den Markt stimulieren sollen, gehört eine Aufhebung des Brokermonopols. Seither haben auch Banken, Versicherungen und andere Finanzinstitute direkten Zugang. Durch diesen Schritt wurde die Anzahl der Brokerfirmen drastisch reduziert. Von rund 200 sind nur noch knapp 100 übrig geblieben. Das „Brokersterben" sorgte für einen Aufschrei in der Branche. Vor allem kleine Brokerhäuser hatten unter diesem Schritt zu leiden, wenngleich der Börsen-Präsident Wert auf die Feststellung legt, daß „nur vier Firmen wirklich eingegangen sind. Es gab allerdings zahlreiche Fusionen".

Mit Blick auf ein geeintes Europa wird man in Brüssel nicht größenwahnsinnig: Hauptziel sei es, „die beste Börse belgischer Werte für belgische und ausländische Investoren zu sein". Nicht vernachlässigt werden soll dabei der Handel mit internationalen Wertpapieren. Die „europäische Idee zur internationalen Vernetzung der Aktienmärkte" begreift Peterbroeck für die Brüsseler Börse als Chance.

Eine ungeplante Totalrenovierung verdankt die seit 1992 in frischen Farben und poliertem Marmor erstrahlende Börse einem Brand im November 1990. Aus immer noch ungeklärtem Grund – ein „Kurzschluß" ist die offizielle Version – wütete damals in den frühen Morgenstunden ein schweres Feuer. Das gesamte Kellergeschoß brannte aus, doch wie durch ein Wunder blieben die Computeranlage und das historische Inventar des großen Börsensaals unversehrt. Ohne einen Tag Pause ging der Börsenbetrieb – nach dem Brandwochenende – weiter. Ein Broker sieht darin ein „gutes Omen" – die Brüsseler Börse, krisensicher und konjunkturfeuerfest?

Adresse: Palais de la Bourse, Tel.: 5 09 12 11

Brüsseler Stumpfheiten – vom Niedergang eines Wortspiels.

Die Brüsseler Spitzen sind stumpf geworden. Gemeint ist nicht das altehrwürdige Spitzenhandwerk, das seit dem fünfzehnten Jahrhundert in Flandern gepflegt und in Brüssel verkauft wird, mit dessen filigranen Leinen- oder Seidenmustern zunächst Hemdkragen, dann Dessous und schließlich ganze Tischdecken oder Kleider verziert wurden (Queen Elizabeth I. hinterließ nach ihrem Tod nicht weniger als 3000 Spitzenroben), kritisiert werden sollen keineswegs jene im geduldigen Klöppelhandwerk erstellten Textilien, die noch heute die Kassen klingeln und Touristenherzen höher schlagen lassen, wenn es gilt, aus Brüssel ein unverwechselbares Souvenir mitzubringen. Die Rede ist vielmehr vom Niedergang einer Überschrift, von der Inflation eines Wortspiels.

Es muß wohl irgendwann in den Gründertagen der Europäischen Gemeinschaft gewesen sein, als ein findiger Journalist auf die Idee kam, seinen Artikel über irgendeine Brüsseler Bürokratie-Verstrickung in Anlehnung an das fadenscheinige Textilkunsthandwerk irgendwie, und warum auch nicht, mit dem Titel „Brüsseler Spitzen" zu überschreiben. Das war originell, mindestens doppel-, wenn nicht vieldeutig. Und vor allem bahnbrechend. Denn irgendwie, irgendwo, irgendwann paßte diese Zeile immer, zumindest immer dann, wenn etwas aus der belgischen Hauptstadt und aus dem Dunstkreis der europäischen Gremien berichtet wurde. Die verbale Zuspitzung verbreitete sich fortan wie Massenware.

Seither vergeht kaum ein Tag, an dem nicht wenigstens in einer deutschsprachigen Publikation ein Leitartikel, eine Glosse, eine Reportage oder eine Kolumne unter der spitzfindigen Überschrift „Brüsseler Spitzen" oder – man ist ja kreativ – „Brüsseler Spitze" erscheint, stolz und fett gedruckt als sei soeben der ultimative Gipfel des subtilen Wortwitzes erreicht worden. Ganz gleich, was sich Journalisten da so zusammenklöppeln, die Brüsseler Spitzen werten das Gedruckte auf: der Gesellschaftskritische liest genauer, weil er neugierig auf den Gipfel, die „Spitze" bürokratischer Dreistigkeit wird; der Sprachfreund hofft auf besonders „spitze" Formulierungen; der

Machtbewußte erwartet Verlautbarungen der „Spitzen"-Politiker; der Indiskrete freut sich auf den neuesten Klatsch über die Brüsseler Gesellschafts-„Spitzen"; der Feinsinnige gar assoziiert den Prozeß der europäischen Einigung mit der mühsamen und langwierigen Arbeitsweise von Spitzenklöpplerinnen und hält den Autor für tiefsinnig, ja selbst die eigentlich desinteressierte Oma schaut genauer hin, weil sie an ihre Teedeckchen denkt. Die Deutungen sind so mannigfaltig wie beliebig. Nur auf eine Interpretation will trotz der Spitzeninflation niemand kommen: daß Brüssel selbst spitze ist.

Bruxellisation – Bausünden auf belgisch. Wenn denkmalgeschützte Häuser verrotten oder einfach abgerissen werden, wenn neben zerbrechlichen Preziosen riesige Betonklötze scheinbar wahllos in den Himmel schießen, wenn intakte Wohngegenden evakuiert werden und an ihrer Stelle triste Bürokomplexe entstehen, wenn Spekulanten, Makler und Politiker kungelnd eine Stadt verplanen und ihre Zukunft verbauen, dann kennen Architekten dafür ein merkwürdiges Wort: Bruxellisation. Ein urbanistischer Fachbegriff? Nicht ganz. Aber eine zynische Metapher und ein ziemlich treffendes Schimpfwort.

Die Bruxellisation oder „Brüsselisierung" hat der belgischen Hauptstadt eine traurige Berühmtheit beschert. Schandflecken auf dem Stadtbild: Die Place des Martyrs, ein Juwel aus dem späten achtzehnten Jahrhundert, architektonisch ähnlich geschlossen wie die Pariser Place des Vosges, sollte schon vor dreißig Jahren restauriert werden. Mittlerweile wachsen aus den leprösen Fassaden die Bäume. Auf dem Boulevard de l'Empereur kauert ein wunderschönes, wie durch ein Wunder erhaltenes Stück der alten Stadtmauer direkt neben den Betonwänden eines modernen Bowling-Centers. Dem neoklassizistischen Opernhaus auf der ehemals so idyllischen Place de la Monnaie hat man ein klobiges Einkaufszentrum direkt vor die Tür gesetzt. Die legendäre Maison du Peuple von Victor Horta wurde gleich ganz abgerissen. In dem Wohngebiet um den Nordbahnhof nahe dem Stadtkern plante man zwischen 1968 und 1970 rund 65 Hektar, um ein gigantisches Bürozentrum zu errichten. Ein paar Quader des „World Trade Centers" wurden tatsächlich gebaut, doch dann ging das Geld aus, und nun verödet das Gebiet um die düstere Bürostadt. Abgerissen wurde auch ein beachtlicher Teil des großbürgerlichen Wohnviertels Leopold, weil hier seit Oktober 1989 zu Diensten der EG neue Gebäude für Parlament und Rat entstanden. Übriggeblieben ist nur das kleine Empfangsgebäude des alten Bahnhofs Leopold, doch auch das soll noch verschwinden. Es störe von Ferne den Blick auf den neuen Plenarsaal.

Seit dem Zweiten Weltkrieg und besonders seit den sechziger Jahren befindet sich die Stadt in einer schwierigen Übergangsphase zwischen dem Reichtum aus den Glanzzeiten der Kongo-Kolonie und einer neuen Bedeutung, die die Agglomeration von neunzehn Gemeinden als Symbol und Machtzentrale der Europäischen Gemeinschaft am liebsten noch vor der Jahrtausendwende erlangen will. Dabei gleicht die zwischenzeitlich vernachlässigte Metropole einem glücklos Pubertierenden: Wachstumsschmerzen haben alle größeren Städte, doch in Brüssel hinterlassen sie bleibende Schäden.

Der Raubbau begann in den fünfziger Jahren mit den Vorbereitungen zur Weltausstellung. Für die Expo '58 wurden nicht nur außerhalb des Stadtgebiets das *Atomium* und ein riesiges Messegelände gebaut, auch das Zentrum selbst veränderte sich. Neben großen Hotels schlug vor allem ein aufwendiges Ringstraßensystem breite Schneisen in bestehende Wohnviertel. Doch die noch heute blockierten Tunnel, Schnellstraßen und Brücken waren schon im Einweihungsjahr überlastet.

Die Entscheidung für Brüssel als Sitz der EG-Kommission stimulierte den Bauboom zusätzlich. Entlang dem Boulevard de Berlaymont und dem Boulevard de l'Empereur, deren Bebauung schon Anfang der fünfziger Jahre einem riesigen Eisenbahntunnel zum Opfer gefallen waren, aber auch an den Plätzen Rogier und Madou – der sich 1970 des höchsten Hauses der Stadt rühmen durfte – entstanden Bürogebäude, überwiegend jedoch tumbe Betonklötze, die nichts von der Eleganz und Originalität amerikanischer Wolkenkratzer oder selbst Frankfurter Hochhäuser verraten. Verschreckt von solchen Straßenzügen, die ab sechs Uhr abends völlig entvölkert sind, zogen immer mehr Mitarbeiter der Nato und der EG in die Vororte. In Overijse, Kraainem und Tervuren entstanden gettoähnliche Siedlungen. Die Ausländer blieben nach Feierabend unter sich: die wohlhabenden Vertreter internationaler Organisationen in den Vororten, die ärmeren Gastarbeiter aus Afrika und der Türkei in den immer mehr verfallenden Bezirken der Innenstadt.

In Brüssel mangelt es vor allem an einer koordinierten, stadtteilübergreifenden Bebauungsplanung, zudem an Interesse für eine wegweisende zeitgenössische Architektur und an besseren Gesetzen im Denkmalschutz.

„Carrefour Europe", Kreuzung Europas, nennt sich großspurig ein Gebäudekomplex zwischen Grand Place und Gare Central. Ursprünglich sollten auf diesem Gelände Wohnungen entstehen, doch vor dem Gesetz sind Appartements und Hotelzimmer in Belgien gleich, so daß nun drei Hotelketten den Großteil der Bebauung belegen. Als der beauftragte Architekt seine ambitionierten Pläne vorlegte, winkten die privaten Investoren ab. Möglichst genau so wie das erfolgreiche Brüsseler Hotel „Amigo" sollten die Gebäude aussehen. So erstrahlt nun die „Kreuzung Europas" in einem Zuckerbäcker-Kitsch, der spanischen Architektur des sechzehnten Jahrhunderts nachgebastelt wie im Legoland.

Juristisch eigenwillig geregelt ist in Belgien der Denkmalschutz. Wenn ein Haus als erhaltenswert klassifiziert wird, darf der Besitzer es zwar nicht mehr abreißen, aber erhalten (also: renovieren) muß er es auch nicht. Hieraus ergibt sich eine simple, in Brüssel fast durchweg praktizierte Strategie. Spekulanten kaufen ein denkmalgeschütztes Haus in guter Lage, lassen es so lange verfallen, bis es nicht mehr renoviert werden kann, um sich dann – weitgehend problemlos – die Genehmigung zum Abriß erteilen zu lassen und neue Wohnblocks mit größerer Rendite zu bauen: Notschlachten nach Plan. Manche architektonische Rarität ist so schon verschwunden. Sogar in einem der ältesten Gebäude der Stadt, einem Wohnhaus aus dem Jahre 1567 nahe dem Place St. Catherine, schlug die Abrißbirne ein.

Bezeichnend ist auch die Diskussion um den Bahnhof für den Schnellzug TGV, der 1995 Paris und London mit der belgischen Hauptstadt verbinden soll. Einer der Bahnhöfe muß hierfür ausgebaut werden. Obwohl das ohnehin verschandelte und teilweise unbebaute Viertel um den Nordbahnhof hierfür in jeder Hinsicht geeignet wäre, wird der TGV wohl im Gare du Midi einfahren. In dem Stadtteil St. Gilles, der durch seine unberührten Straßenzüge intakter Wohnhäuser aus dem neunzehnten Jahrhundert einen ganz eigenen, nostalgischen Charme bewahrt hat, müssen hierfür einige Häuserzeilen geopfert werden. Längst haben Spekulanten –von offizieller Stelle inoffiziell, aber rechtzeitig informiert – die betreffenden Häuser gekauft, um mit den strategischen Grundstücken beizeiten zu verdienen.

Wilde Immobilien-Spekulation und städtebauliche Sünden gibt es überall, daß sie sich aber ausgerechnet in einer architektonisch so einzigartig reichen und schönen Stadt wie Brüssel so verheerend entfalten, hat mit den Schattenseiten des belgischen Dezentralismus zu tun. Die Hauptstadt ist nämlich keineswegs eine aus verschiedenen Stadtteilen bestehende, von einem Bürgermeister regierte Gemeinde, sondern eine Agglomeration, die in neunzehn unabhängige Gemeinden mit neunzehn eigenwilligen Bürgermeistern zerfällt. Hinzu kommt ein Kompetenzgerangel, in dem Brüsseler Politiker, die flämische und französische Gemeinde sowie manchmal auch noch der Zentralstaat über Jahrzehnte hinweg mitmischten. Verständlich, daß in dieser Lage eine übergreifende städtische Baupolitik nicht gedeihen konnte. Sie wurde nicht einmal versucht. Jede Gemeinde plante alleine vor sich hin, getrieben von Prestigedenken und lokalem Nepotismus. Hauptursache auch hier: die bald schwelenden, bald offen ausbrechenden Konflikte zwischen den Bevölkerungsgruppen der französischsprachigen Wallonen und Niederländisch sprechenden Flamen. Der Stachel des Sprachenstreits ist allgegenwärtig in Belgien, und auch im Brüsseler Immobilien-Dschungel wirkt sein Gift.

Seit der Föderalisierung Belgiens in den achtziger Jahren ist zwar offiziell nur noch die Region Brüssel verantwortlich, und René Schoonbrodt, Präsident der gegen urbanistischen Raubbau zu Felde ziehenden Organisation Arau, verspricht sich davon eine deutliche Verbesserung. Doch das braucht Zeit. Vor allem im Kampf um den begehrten, weil teurer vermietbaren Büroraum blüht so vorerst noch die Korruption. „Wir wissen, daß ganze Straßen widerrechtlich an Firmen vermietet und als Büros genutzt werden, obwohl sie als Wohnraum klassifiziert sind. Von den Gemeindeverwaltungen wird dies stillschweigend geduldet, weil sie an dem Geschäft mitverdienen. Letztlich liegt all das vielleicht auch in der Mentalität unseres Volkes begründet", sagt der Direktor von Arau, Herve Cnudde, und zitiert halb belustigt, halb resigniert ein belgisches Sprichwort: „In Deutschland ist alles, was nicht erlaubt ist, verboten. In Frankreich ist alles, was nicht verboten ist, erlaubt. Und in Belgien ist alles, was verboten ist, auch erlaubt."

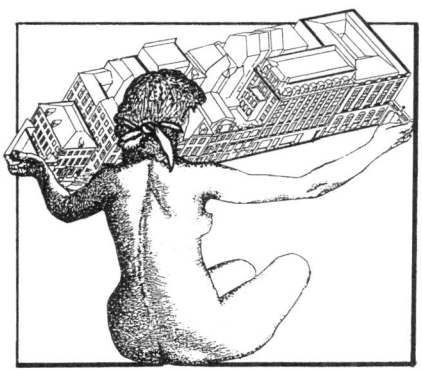

Comic-Museum – Huldigung an die „Neunte Kunst". Die berühmtesten Belgier heißen nicht Brueghel, Magritte oder Delvaux, nicht Adolphe Sax und auch nicht Georges Simenon oder Jacques Brel, die berühmtesten Belgier sind die Schlümpfe, und vor allem Tintin und Millou, in Deutschland besser als Tim und Struppi bekannt. Die skurrile blau-weiße Zwergengesellschaft des Brüsseler Zeichners Peyo ist längst nicht mehr nur Inventar moderner Kinderzimmer, sondern schon zum Gegenstand soziologischer Untersuchungen avanciert, und die Hefte mit Hergés seit den zwanziger Jahren erfundenen Abenteuern des rasenden Reporters Tintin wurden bis heute in einer Auflage von mehr als 150 Millionen verkauft. Schon in den sechziger Jahren war der clevere Kugelkopf so prominent, daß General de Gaulle während eines Gesprächs mit André Malraux erklärt haben soll, sein einziger Rivale auf internationaler Ebene sei eigentlich nur Tintin. Kein Wunder, daß in Belgien Comics und ihre Helden ein (Kultur-)Politikum sind.

Noch bevor Mitterrand, ein erklärter Liebhaber der Bandes Dessinées, wie die Bildstreifengeschichten im französischen Sprachraum heißen, in Angoulème ein „Centre National de la Bande Dessinée et de l'Image" inaugurierte, wurde im Herbst 1989 in Brüssel Europas erstes Comic-Museum eröffnet. Ein Triumph, den das von der Grande Nation gerne herablassend belächelte Land verdient hat: Seit Anfang dieses Jahrhunderts war Belgien in der Entwicklung der Comics stilbildend, unter Kennern ist die „Belgische Schule" ein stehender Begriff, und Hergé (dessen Künstlername sich von den umgekehrten und französisch ausgesprochenen Initialen seines bürgerlichen Namens Georges Remi ableitet) gilt als Erfinder der vielkopierten „ligne claire", die weit mehr ist als nur ein schlichter, reduzierter Zeichenstil. Mit rund 650 anerkannten Comic-Künstlern ist Belgien heute – proportional zur Bevölkerungszahl – das Land mit den meisten Bildstreifengeschichtenzeichnern der Welt. Und sein Centre Belge de la Bande Dessinée, das sich mit wissenschaftlichem Ehrgeiz einer ehemals als bildgewordene Verdummung verdammten, heute fast hysterisch in den Kunst-Rang und -Ring erhobenen Kulturform widmet, verzeichnet einen ständig steigenden Besucherandrang. Im Trubel des modischen Sinneswandels verweist Belgien auf eine gediegene Tradition: Hier gelten Comics schon lange als „Neunte Kunst", und Retrospektiven einzelner Zeichner werden in den Tageszeitungen mit der gleichen Ernsthaftigkeit rezensiert wie Konzerte und Theaterpremieren.

Wer in den Räumen des Brüsseler Comic-Museums nur Kinder an den Händen ihrer Mütter erwartet, irrt. Die Zielgruppe für Bildstreifengeschichten wird – wie der Comic-Verlag Carlsen herausgefunden hat – von „Erwachsenen zwischen 16 und 40 Jahren" dominiert. In Brüssel freilich sieht man auch viele ältere Herren, die sich mit distinguiert auf die Nasenspitze geschobener Lesebrille über die Exponate beugen. Und so manchen Besucher locken nicht comicologische Detailfragen, sondern allein das Gebäude, in dem das Centre Belge de la Bande Dessinée untergebracht ist. Die Maison Waucquez in der Rue des Sables wurde 1903 von Victor Horta als Geschäft und Lager eines Tuchhändlers entworfen und gehört heute zu den wichtigsten Denkmälern des Brüsseler Jugendstils. Die an einen italienischen Patio erinnernde Anlage scheint für ein Museum noch geeigneter als zum Lagern und Verkaufen von Stoffballen. Das Haus stand seit den siebziger Jahren leer, sollte schließlich sogar abgerissen werden. Nur eine Allianz von Art Nouveau-Schützern und Comic-Freunden unter der Führung des jetzigen Direktors Guy Dessicy konnte die Stadt im letzten Moment dazu bewegen, die Maison Waucquez 1983 zu kaufen und als Museum auszubauen. Neben einer Buchhandlung und einer Bibliothek gibt es im Erdgeschoß des 1989 von König Baudouin eingeweihten Comic-Zentrums auch einen Horta-Raum: eine Dauerausstellung erweist hier dem Architekten Reverenz.

Der Comic-Laie wird zunächst in den technischen Entstehungsprozeß eines Comic-Strips von der Idee bis zum Druck eingeweiht. Die Geschichte des Zeichentrickfilms ist ebenfalls dokumentiert. Neben Historischem erfährt man auch technische

Details über die Produktion. Sogar die wichtigsten Geräte eines Trickfilmstudios lassen sich besichtigen und ausprobieren. Ein Archiv erlaubt es, die großen Filme, aber auch Interviews und Fernsehsendungen über Zeichentrickfilme abzurufen. Ständig zu sehen ist auf einem Monitor das früheste Beispiel der Gattung: Windsor Mc Coys 1914 gedrehter Kurzfilm „Gertie, the trained Dinosaur". Der Amerikaner Mc Coy hatte in einem naturkundlichen Museum gewettet, daß selbst ein Dinosaurier sich nach seinen Befehlen bewegen würde. Um dies zu beweisen, ließ er nun mit dem Zeichenstift einen niedlichen Dinosaurier Bäume fressen und die großen Füße artig heben und senken wie eine tapsige Ballerina.

Die wichtigsten Ausstellungen des Museums befinden sich im Mezzanin. Unter der großen Dachkuppel werden die temporären Sonderausstellungen und Retrospektiven gezeigt, permanent dokumentiert ist ferner die Entwicklung des belgischen Comics. Allein hier lassen sich leicht zwei Stunden verbringen, um die Arbeitsproben der wichtigsten Zeichner zu studieren. Man wandert zwischen den bunten Abenteuer-Bildwelten eines André Franquin („Marsupilami" und „Gaston") und seinem Vorbild Jijé bis zu Morris satirischen Überzeichnungen amerikanischer Mythen („Lucky Luke"), man erfährt, welche Bedeutung im belgischen Comic die exotische Welt der Kongo-Kolonie hat und wie sie mit finstersten Klischees aber auch mit subtiler Ironie (Marc Steen) dargestellt wurde. Mit vielen Beispielen werden die Gattungen des „realistischen" und des „humoristischen" Comics erörtert, auch die Medien der Bilderstreifengeschichten – von der Tageszeitung über die Zeitschrift bis zum Spezialheft – sind Gegenstand musealer Analyse. Ein eigener Pavillon ist Hergé gewidmet, der ein solches Museum immer propagiert hatte und genau in dem Jahr (1983) starb, als das Kulturministerium seinen Traum erfüllte. In dem fröhlichen Hergé-Tempel kann man nun Entwicklungsphasen von Tintins Gestalt nachvollziehen, dessen Mondgesicht anfangs nicht einmal einen Mund hatte. Studien zu einzelnen Figuren, Bücher und Originalausgaben der ersten Hefte sowie überlebensgroße Requisiten und Souvenirs von Tintins Reisen entwerfen ein lebendiges Bild dieser einzigartigen Comic-Figur, deren Charakter eben darin besteht, keinen Charakter zu haben: Bereit zur absurdesten Metamorphose, ist Tintin die ideale Projektionsfläche des phantasievollen Lesers.

Was in einem Cognac-Keller „Paradis" heißt, nennen die fünfundzwanzig Mitarbeiter des Brüsseler Museums „Trésor": der Raum mit den edelsten und ältesten Beständen. Jeweils etwa 150 Exponate einer mehr als tausend Stücke umfassenden Sammlung von Skizzen und Originalzeichnungen der wichtigsten Comic-Künstler lassen sich hier alternierend in dicht gereihten Vitrinen besichtigen. Ein Vergnügen für Insider, da didaktische Erklärungen völlig fehlen.

Finanziert wird das Centre fast ausschließlich durch Sponsoring (Jahresbudget: rund 2 Millionen Mark). Die spannende Entstehungsgeschichte des Museums kann der Besucher als Comic erwerben. Als kulturpolitische Metapher, wie Brüssel zu seinem Comic-Museum kam, könnte man eine andere Geschichte in zwölf Bildern von Kamagurka verstehen: Cowboy Henk ißt Spaghetti. Eine besonders lange Nudel führt unter den Tisch, so daß Henk ihr essend nachkriecht, aus dem Haus, durch die Straßen bis in einen Kreißsaal. Als Henk dort mit der Nudelschnur im Mund auftaucht und sich nähert, sagt der Arzt zu der Frau im Wochenbett: „Herzlichen Glückwunsch, gnädige Frau. Es ist ein Junge."

Adresse: 20 Zandstraat (Di.–So. 10–18 Uhr)

Dolmetscher in Babylon. Brüssel ist Babylon. Es hat schon seine Richtigkeit, daß die Stadt der internationalen Institutionen, die Schaltzentrale der Europäischen Gemeinschaft, in einem Land liegt, in dem sogar Staatsregierungen über Sprachprobleme stürzen. Der jahrhundertealte und immer noch akute Streit zwischen frankophonen Wallonen und Niederländisch sprechenden Flamen hat die Belgier sensibilisiert. Der Sprachverwirrung begegnet man mit generalstabsmäßiger Organisation. Weit mehr als tausend Übersetzer übertragen hier pro Jahr rund eine Million Seiten in eine andere Sprache. Und fast 700 Dolmetscher arbeiten täglich, damit in den Konferenzen der Berufs-Europäer auch die Untertöne in der jeweiligen Landessprache der Partner und Zuhörer verstanden werden.

Der Dolmetscherdienst in Brüssel ist mit Abstand der größte der Welt, mehr als doppelt so umfangreich wie die Dolmetscherdienste der UNO in New York und Genf zusammen. Bei neun offiziellen Amtssprachen der EG gibt es 72 mögliche Sprachkombinationen. Auf alle muß die Organisationszentrale gefaßt sein. Pro Tag sind rund 50 Sitzungen mit „geliehenen Stimmen" zu versorgen. Die Dienstpläne des „Gemeinsamen Dolmetscher- und Konferenzdienstes" werden jeden Morgen neu vom Computer ausgedruckt – und es gibt keinen Schreibtisch dieser Welt, auf dem das mindestens zehn Meter lange Faltpapier ausgeklappt Platz hätte. Kein Zweifel: Brüssel ist die turbulenteste Spielwiese der Sprachbegabten und für ambitionierte Dolmetscher das Karriere-Mekka.

„Ohne Dolmetscher würde Europa nicht funktionieren", sagt Christian Heynold, seit rund dreißig Jahren als Dolmetscher in Brüssel und heute Berater der Generaldirektion. Er verhehlt zwar nicht, daß es ein etwas merkwürdiges Licht auf die Flexibilität unserer Spitzenpolitiker werfe, wenn der französische Staatspräsident und der deutsche Bundeskanzler nicht einmal in der Lage sind, sich auf ein paar Sätze in einer gemeinsamen Sprache zu verständigen. „Grundsätzlich aber muß jeder Politiker das Recht haben, sich in seiner eigenen Muttersprache auszudrücken und dennoch verstanden zu werden."

Nach der Maxime: Ohne Dolmetscher keine Verhandlungen, ohne Verhandlungen keine Beschlüsse und ohne Beschlüsse kein Europa, fächeln sich die Dolmetscher geradezu staatstragendes Selbstbewußtsein zu. Das ausgeprägte Prestigeempfinden erlaubt auch keine Verwechslung mit den Übersetzern. Begrifflich wird hier auf peinlich genaue Trennung geachtet: Der Dolmetscher überträgt das gesprochene Wort, der Übersetzer das geschriebene. Ein EG-Beamter formuliert den Unterschied so: „Wer den ganzen Tag auf diese Weise vor bedruckten DIN-A4-Blättern verbringt, muß schon eine ganz besonders unaufgeregte Charakterdisposition besitzen. Der Dolmetscher arbeitet da vergleichsweise wie ein Hochseilartist ohne Netz."

Als Generaldirektorin ist Renée van Hoof-Haferkamp verantwortlich für den Dolmetscherdienst. Die zierliche Frau mit dem Kurzhaarschnitt baute die Organisation in den fünfziger Jahren auf und regiert heute mit der Autorität eines Generals und mit dem Charisma einer Operndiva über 392 fest beamtete und rund 1500 freiberufliche Dolmetscher. Die vielsprachige Philosophiestudentin arbeitete schon in den frühen fünfziger Jahren für die Kohle- und Stahl-Union und begleitete dann unter Hallstein die Gründerzeit der EG. Damals bestand der Dienst aus elf Dolmetschern. Mittlerweile ist eine Organisation daraus geworden, die pro Jahr mehr als 100 Millionen Mark verschlingt und die kaum in der Lage ist, den ständig steigenden Bedarf an Dolmetschern zu decken. Das Hauptproblem ist der Nachwuchs.

„Wir suchen Menschen mit einem abgeschlossenen Hochschulstudium, die mindestens vier Sprachen beherrschen", sagt Renée van Hoof-Haferkamp und setzt ironisch lächelnd nach: „Aber solche Leute finden leider auch woanders Arbeit." Da man auf die Absolventen der Dolmetscherschulen – in Deutschland etwa Germersheim, Heidelberg und Saarbrücken – alleine nicht bauen könne, hat sie vor einigen Jahren ein eigenes Post-Graduate-Programm entwickelt. In einem sechsmonatigen Intensivkurs werden dort die durch Eignungstest ausgesuchten

Bewerber (Höchstalter 30 Jahre) auf den Beruf vorbereitet. Nach bestandener Abschlußprüfung erhalten sie einen Zweijahresvertrag bei der EG. Was die Bewerber studiert haben ist gleichgültig. „Mir ist auch Bergbau- und Hüttenwesen recht. Ungern haben wir dagegen Sprachstudenten. Das sollte als Selbstverständlichkeit hinzu kommen", erklärt die Dame mit dem Doppelnamen spitz.

Grundsätzlich wird immer von der Fremdsprache in die Muttersprache übertragen. Das Konsekutiv-Dolmetschen (wobei man einen Gesprächsabschnitt erst nachträglich übersetzt) muß ebenso erlernt werden wie das Simultan-Dolmetschen (man übersetzt aus einer Kabine gleichzeitig, simultan mit dem Sprecher). Eine Spezialisierung ist nicht möglich. „Das ist wie bei einem guten Schauspieler. Der muß auch für das Theater und das Kino arbeiten können", sagt die Direktorin. „Für uns ist das Konsekutive das Theater, das Simultane wie Kino."

Entscheidend für einen guten Dolmetscher, der oft unter höchster Anspannung viele Stunden hintereinander arbeiten muß, ist neben großer Belastbarkeit ein exzellentes Kurzzeitgedächtnis und eine ungestörte Konzentrationsfähigkeit. Hinzu kommen ein breites Wissen, vor allem auf den Gebieten Wirtschaft und Politik. Und noch drei Eigenschaften nennt die Dompteuse der Dolmetscher: „Neugierde, Kontaktfreudigkeit und schauspielerisches Talent." Theatralische Fähigkeiten sind aus zweierlei Gründen gefragt: einerseits, weil es gilt, neben den Worten auch den Tonfall, die aggressive oder ironische, milde oder freundliche Stimme zu treffen; andererseits, weil auch Fehler überspielt werden müssen. Gründliche Perfektionisten hätten in diesem Beruf kaum eine Chance. Vor allem beim Simultanübersetzten geht in der Eile des Wortgefechts fast immer mal etwas schief. „Wer da nicht in der Lage ist, zu improvisieren, wer zu lange nach dem richtigen Wort sucht, verliert den Faden und ist dann ganz verloren", erklärt Christian Heynold.

Dem Vorurteil, daß Dolmetscher nur motorisch „nachplappern" widerspricht eine Französin, die regelmäßig bei politischen Gipfelgesprächen für Mitterand und Delors arbeitet. Wie groß die Einflußmöglichkeiten und wie nötig oft das eigene

Engagement sein können, zeigt ihre Erfahrung mit Pina Bausch. Als die deutsche Choreographin vor ein paar Jahren bei einer Konferenz sprechen sollte – wovon sie erst ein paar Minuten vor Beginn erfuhr –, habe die Verschüchterte kaum ein Wort herausgebracht. „Damit keine allzu peinlichen Pausen entstanden, habe ich um jedes Wort zwei Sätze gebildet. Das ging aber nur, weil ich mich vorbereitet hatte und über Pina Bausch fast soviel wußte wie sie selbst", erzählt die Dolmetscherin, räumt aber ein, daß dies nur in Ausnahmefällen gehe. „Man muß wissen, wo und wie." Bei einer politischen Verhandlung können persönliche Interpretationen oder Ausschmückungen verhängnisvoll sein. Da gilt wirklich nur das gesprochene Wort – und kein einziges Adjektiv mehr.

Mitunter würden Dolmetscher aber auch für diplomatische Zwecke instrumentalisiert. Helmut Schmidt etwa hat die Französin in besonders unangenehmer Erinnerung: „Vor allem bei den politischen Tischgesprächen hatte er die Angewohnheit, zunächst einmal eine sehr gewagte These oder Forderung zu formulieren und übersetzen zu lassen. Wenn der Gesprächspartner einverstanden war, nickte er zufrieden. Reagierte sein Gegenüber aber entsetzt, dann schob Schmidt alles auf den Dolmetscher, der offenbar falsch übersetzt habe, und trug noch einmal eine stark abgeschwächte Version vor." Verhandlungsgeschick auf dem Rücken der Sprachvermittler.

Wie viele Dolmetscherinnen arbeitet auch die französische Kollegin nach einigen Jahren der Festanstellung mittlerweile frei. Gegen Tageshonorare von durchschnittlich 1000 Mark wird sie von Fall zu Fall von dem Dolmetscherdienst zu einem Termin geschickt. Auf diese Weise läßt sich der Beruf ideal mit Mutteraufgaben verbinden. Problematischer ist die Lage bei männlichen Dolmetschern, die Renée van Hoof-Haferkamp vor allem von den Universitäten Cambridge und Oxford abzuwerben versucht. „Kaum ein wirklich ambitionierter Mann will diesen Beruf ein Leben lang ausüben. Deshalb annoncieren wir ihn ganz gezielt als Durchgangsstation." Wer ein paar Jahre dolmetscht, lerne nicht nur die Politiker, sondern auch politische Hintergründe kennen. Auch „die Kunst des Verhandelns" werde in kaum einem Beruf so geschult wie in diesem, betont die energische Generaldirektorin. „Eine attraktive Referenz für politische, wirtschaftliche und juristische Führungspositionen." Die Doyenne der Dolmetscher gibt ein schriftlich dokumentiertes Beispiel: „Was haben Mr. Bradley, heute Rechtsanwalt in London, Heer van Laeken, heute Fernsehjournalist in Belgien, Madame D'Haen, heute Stellvertretende Generaldirektorin für Regionalpolitik bei der EG-Kommission, und Herr Frisch, ebendort Generaldirektor für Entwicklung, gemeinsam?" Ein paar Jahre Erfahrung als Dolmetscher.

"Read my Lips..."

EG-Loge oder wer hat Angst vor John Cage. Wehe dem, der es in Brüssel wagt, die Europäische Gemeinschaft einen Wirtschaftsklub zu nennen. Neben der politischen Dimension weist man immer wieder auch auf die kulturelle hin, die den Kommissaren und ihren Gremien ein Herzensanliegen sei und ohne die – wohl wahr – Europa nicht funktionieren könne. Von einer Kulturgemeinschaft der regionalen Vielfalt ist dann gerne die Rede. Und seitdem in Maastricht eine kulturelle Kompetenz der EG sogar offiziell in die Römischen Verträge aufgenommen wurde, erfreut sich das Wort Kultur geradezu euphorischer Beliebtheit. Allein in der Praxis hapert es noch etwas. Die Opernkultur jedenfalls kann mit diesem Kulturbegriff nicht gemeint sein. Obwohl die Belgier mit einem sicheren Instinkt für die wahren politischen Machtverhältnisse in der Brüsseler Oper gegenüber der Königsloge ihre zweite große Ehrenloge der EG gewidmet und mit einem blaugelben Sternenbanner geschmückt haben, bleibt ausgerechnet diese meist auffallend leer. Ganz gleich ob festliche Premiere, Gala oder normale Spielplanvorstellung, das renommierte „Théâtre de la Monnaie", von nicht wenigen Opernkennern seit einem Jahrzehnt als „führende Bühne Europas" gepriesen, kann noch so überfüllt sein, auf die EG-Loge ist Verlaß, sie bleibt, von wenigen Ausnahmen abgesehen, gähnend leer. Das solchermaßen dokumentierte Desinteresse ist deswegen besonders bemerkenswert, weil diese Loge und ihre sechs bis acht Plätze in jeder Aufführung den gehobenen Mitarbeitern der EG-Gremien zur Verfügung stehen, das heißt theoretisch könnten ein paar tausend Menschen um diese Karten buhlen. Allerdings: Es buhlt niemand. Die Arbeit an einem geeinten Europa scheint so ermüdend zu sein, daß abends keine Energie mehr für musiktheatralische Vergnügungen bleibt. Oder fürchten die „Architekten Europas" einfach nur, daß eines Tages das kompromittierende Werk „Europeras" von John Cage auf dem Spielplan stehen könnte? Da singen nämlich alle Protagonisten eine andere Arie – und zwar gleichzeitig.

Essen – essentiell. Wenn morgen die Welt unterginge, würden die Brüsseler heute ganz sicher keinen Apfelbaum pflanzen, sondern noch einmal ordentlich Essen gehen. Kulinarik als Volkssport. In Europas Feinschmeckermetropole sieht man selbst Taxifahrer, die in einem Dreisterne-Restaurant ein Viertel ihres Monatsgehalts verprassen. Im Gegensatz zu den Franzosen sind die Belgier nicht nur Gourmets, sondern auch Gourmands – sie essen gut und viel. Das große Fressen bei Breughel ist kein antiquierter Mythos. Auch heute noch verraten Belgier einen unstillbaren Drang nach gargantuesken Portionen. Essen ist kein Mittel zum Zweck, sondern Selbstzweck. Und unschlagbarer Gesprächsstoff. Kein Thema ist so beliebt, wie die Zubereitung von Jakobsmuscheln oder die Weinkarte in diesem oder jenem Restaurant. Wehe dem, der da plötzlich zur Tagespolitik überschwenken will.

Gastronomie kultiviert Brüssel mit einem Ehrgeiz, als gelte es, die große Schwester Paris zu übertrumpfen. Dabei ist das längst geschehen. Allein die Statistik spricht für sich: In keinem Land der Erde gibt es eine so hohe Konzentration von Restaurants, die mit Michelin-Sternen oder Gault Millau-Punkten ausgezeichnet sind, wie in Belgien. Und möglicherweise ist es wirklich der Minderwertigkeitskomplex gegenüber den Franzosen, der zu so großem Ehrgeiz auf lukullischem Gebiet geführt hat. Französische Finesse und flämische Gründlichkeit sind da eine glückliche Liaison eingegangen. Hinzu kommen die frischen Rohstoffe: Wild und Geflügel aus den Ardennen, Käse und Fleisch aus Flandern, Fische, Schalentiere und die frischesten Austern von der nicht einmal eine Stunde entfernten Atlantikküste.

Hummer, Muscheln und andere Meerestiere werden in Brüssel auf mehrstöckigen Eisplatten serviert. Am verlockendsten sind sie vor den Restaurants rund um die Grand Place drapiert. Allerdings auch am teuersten. Manche Dekoration lockt – wie so vieles in dieser Gegend – überwiegend in Touristenfallen.

Die vielen Feinschmeckerrestaurants sind über die ganze Stadt verteilt. Aber nicht jeder der hochdekorierten Tempel lohnt den finanziellen Aufwand: Der Niedergang der Villa Lorraine (Av. du Vivier-d'Oie 75, Tel.: 3 74 31 63) setzt sich fort, im Maison du Cygne (Grand Place 9, Tel.: 5 11 82 44) wird einem ein 81er Château Petrus in winzigen Gläsern, eiskalt und nicht dekantiert serviert, im Ecailler du Palais Royal (Rue Bodenbroek 18, Tel.: 5 12 87 51) erinnern die auf Fisch beschränkten Speisekarten an ein Bistro, die Preise dagegen an einen Juwelier, und auch L'Orangeraie (Av. Winston Churchill 81, Tel.: 3 45 71 47) lebt vom Ruf vergangener Tage: das Essen ist solide aber brav, die Weinkarte schütter und das Personal vornehmer als die Gäste. Eine unantastbare Größe bleibt der gewichtige Claude Dupont und sein gleichnamiges Restaurant (Av. Riethuisen 46, Tel.: 4 26 65 40). Die Einrichtung ist bieder, das Publikum bürgerlich, belgisch. Das Sieben-Gänge-Fischmenü indes lenkt alle Aufmerksamkeit auf die Teller, wo Dupont etwa ein Seeteufelfilet auf Salaten, Croutons und Tomatencoulis mit Oregano oder – statt des Sorbets – ein Langoustinen-Cappuccino offeriert.

Auch in Brüssel liegt das Deftige im Trend, weshalb sich die Szene der „Branchés" immer mehr in Brasserien verlagert. Georges Neefs, der sich schon in seiner Brasserie Georges (Av. Winston Churchill 259, Tel.: 3 47 21 00) ein fashionables Stammpublikum heranzog, zweites und noch viel reizvolleres Etablissement heißt Café de Paris (Rue Vierge Noire 12, Tel.: 5 11 15 62). Nahe der Börse trifft man sich hier in kühl-elegantem Art-deco-Design zu frischem Meeresgetier, um als Hauptgericht dann ein archaisch bäuerliches Confit de Canard, einen zwei Mitesser sättigenden Bohneneintopf oder gar die auf Dijon-Senf angerichteten Andouillettes zu genießen. Künstler, Fotomodelle, die Werbeszene, Brüssels schickstes Publikum trifft man in der „Quincaillerie" (Rue du Page 45, Tel.: 5 38 25 53), ein fast schon theatralisches Ereignis. Das Auto läßt man vor der Tür stehen, ein Page kümmert sich um einen Parkplatz. Die eine Hälfte der Brasserie ist modern und stylish, die andere – entscheidende – befindet sich in einem ehemaligen Schraubengeschäft. An den Wänden erstrecken sich über drei Stockwerke hunderte von quadratischen, braunen Schubladen. An alten Holztischen sitzend, blickt man über türkisfarbene schmiedeeiserne Geländer auf eine riesige Treppe, die manch dekorativer Gast für effektvolle Auftritte nutzt. Auf der Karte dominiert auch hier Ländliches, vom Sauerkraut bis zum Spanferkel.

Enttäuschend ist das Grand Palais (Rue du Grand Cerf 16, Tel.: 5 14 18 00), das sich nie ganz entschieden hat, ob es nun Edelrestaurant (wozu entschieden das kulinarische Format fehlt) oder Szenetreff sein will. Besser hält man sich für einen gehobenen Imbiß an das gegenübergelegene Faste fou (Rue du Grand Cerf 21, Tel.: 5 11 38 32), wo es zu jeder Tageszeit köstliche Kleinigkeiten zu nicht immer kleinen Preisen gibt.

Wer das echte, aber unelegantere Brüssel sucht, muß in den etwas vergammelten Altstadtteil hinter der Börse gehen. Straßenstände verkaufen hier in einer würzigen Brühe gesottene Schnecken. Meerestiere, Muscheln und Austern kann man auf dem Markt vor der Kirche „St. Catherine" im Stehen essen. Dort, links und rechts entlang dem früheren Fischmarkt, sind auch die besten Fischrestaurants der Stadt. Hier essen die, die länger als einen Tag in Brüssel sind, zu sehr vernünftigen Preisen. Sehr belgisch ist das „Cochon D'Or", ein winziges Restaurant mit nur sechs Tischen. Die Patronin steht in der Küche und komponiert unglaublich preiswerte Menüs, dazu eine Weinkarte, die zwanzig und dreißig Jahre alte Bordeaux' und Burgunder zu Preisen anbietet, die teilweise um die Hälfte unter dem deutschen Geschäftspreis liegen. Aber auch viele andere kleine und große Fischrestaurants, die im Sommer ihre Tische auf das Pflaster des ehemaligen Marktplatzes stellen, festigen Brüssels unangefochtenen Ruf als „kulinarische Hauptstadt Europas". Ein Pariser (sic) Drei-Sterne-Koch antwortete einmal auf die Frage, wer seiner Meinung nach den besten Geschmack habe: „Die amerikanischen Juden, der spanische Adel, die reichen Italiener und das Volk der Belgier."

Euromanager – „Waren Sie ein Streber?" „Bei Mc Kinsey darf man nicht einmal das Vorzimmer betreten, wenn man keinen offiziellen Termin hat", sagt Paul aus Liverpool genervt, der an diesem Vormittag schon vier Bewerbungsgespräche hinter sich hat und nun auch noch bei der Unternehmensberatung vorsprechen wollte. Maire aus New York hatte ebenfalls kein Glück: „Manche Unternehmen fertigen einen hier ab wie Türsteher einer Edel-Diskothek." Aber das störe sie nicht. Insgesamt ist die Amerikanerin, die zur Zeit in der Marketing-Abteilung einer französischen Firma arbeitet, zufrieden mit dem Euromanagers Forum: „Ich habe auch sehr gute Gespräche erlebt. Vor allem wollte ich meinen Marktwert herausfinden. Und wo kann man schon an einem Ort, an einem Tag vielleicht sechs Bewerbungsgespräche bei sechs verschiedenen Firmen führen?"

Die Atmosphäre im Brüsseler Sheraton-Hotel erinnert an einen Taubenschlag. Auf drei Stockwerken drängen junge Damen und Herren, distinguiert gekleidet, mit unerschrocken selbstsicherer Miene durch die Gänge, tauschen schnell ein paar Erfahrungen aus, blicken auf ihre Terminliste und verschwinden in Hotelzimmern oder Suiten. Das Euromanagers Forum, jedes Jahr in Brüssel veranstaltet, gilt mittlerweile als „wichtigste Kontaktbörse für Nachwuchsmanager mit internationaler Ausrichtung". Zwei Tage lang weilen die Personalchefs der größten europäischen Firmen in Brüssel. Zwei Tage lang zieht es Führungskräfte in spe aus der ganzen Welt in die belgische Hauptstadt. Ausgewählte Hochschulabsolventen oder Jungmanager erhalten hier die Gelegenheit, mit Vertretern der Personalabteilungen von 32 Firmen zu sprechen. Rund 15 000 Bewerber gibt es pro Jahr. Nach der Auswertung eines Fragebogens werden rund 4000 Kandidaten in die engere Wahl gezogen. Hauptvoraussetzungen: Prädikatsexamen, drei Sprachen, totale Mobilität. 450 dürfen dann wirklich nach Belgien reisen: Brüssel als Karriere-Knotenpunkt.

Initiiert und organisiert wird das Euromanagers Forum von Christian Hunt, Stéphane Wajskop und Thorsten Lüdecke, zwei jungen Belgiern und einem Deutschen, die schon in einer Studentenorganisation als Jobvermittler aktiv waren und 1988 zum ersten Mal auf eigene Faust ein solches Forum zur Nachwuchsrekrutierung organisierten. „Damals war das Forum winzig klein und obendrein so chaotisch organisiert, daß wir der Veranstaltung in den nächsten Jahren fernblieben", erzählt Richard

Lewis, Marketing-Manager der MBA-Schule INSEAD in Fontainebleau. „Mittlerweile ist es eine sehr vorbildliche und professionelle Einrichtung, deren Auswahlkriterien den unseren sehr ähnlich sind. Deshalb sind wir jedes Jahr wieder dabei."

Für die drei Organisatoren ist das Forum zum Hauptberuf geworden, auch finanziell so einträglich, daß sie davon gut leben. Die Arbeit von Jungmanagern für Jungmanager ist längst selbst schon ein Erfolgs-Unternehmen. In seine Bilanz will sich Stéphane Wajskop freilich nicht gucken lassen: „Der Umsatz beträgt rund eine Million Mark, und die Summe unserer Kosten ist nicht viel geringer", sagt er mit geheimnisvollem Understatement und beschwört die Arbeit, die mit der Auswahl der Teilnehmer und der Koordination der Gesprächstermine verbunden sei. Finanziert wird das Forum durch die anwesenden Unternehmen, die fünfstellige Summen bezahlen müssen, um an der Veranstaltung teilnehmen zu dürfen. Für die Firmen rechnet sich das Ganze trotzdem, da ein Vielfaches ausgegeben werden müßte, wenn man etwa fünfzig Kandidaten auf Firmenkosten zum Bewerbungsgespräch einfliegen lassen würde.

Die Lebensläufe der 450 Erwählten werden an die teilnehmenden Firmen geschickt, die sich jeweils dreißig Kandidaten aussuchen, mit denen Gesprächstermine fixiert werden. Abgesehen von diesen „scheduled interviews" hat jeder Kandidat die Möglichkeit, spontan Gespräche zu vereinbaren. „Diese Gespräche sind oft viel interessanter, weil wir die Kandidaten durch den persönlichen Eindruck noch gezielter auswählen können", erklärt die Leiterin der Abteilung Personal-Marketing einer Bank. Jeder Interessent muß ein Curriculum vitae vorlegen und ein kurzes Vorgespräch führen, dann wird er entweder „wegen terminlicher Überlastung" abgelehnt oder zu einem späteren Zeitpunkt in das „Büro" – also das jeweilige Hotelzimmer der Firma – bestellt. Den größten und häufigsten Fehler, den Bewerber machen, sei Arroganz. „Manche versuchen hier das Gefühl zu vermitteln, daß sie eigentlich gleich in den Vorstand gehörten und daß es eine große Gnade sei, wenn sie überhaupt noch mit uns sprächen."

Wer hier reüssiert, wird in den 25. Stock zu dem Direktor der

Personalabteilung geschickt. Marianne, eine sechsundzwanzig Jahre alte Französin, steht im roten Leinenkostüm im Vorzimmer und wartet. Aufgeregt sei sie gar nicht, erzählt sie in fließendem Deutsch, „nach ein paar Gesprächen ist man abgehärtet". Minuten später sitzt sie mit dem Personalchef am runden Tisch und erzählt von ihrem Volkswirtschaftsstudium in Paris und ihrem Praktika bei RTL und der Bild-Zeitung. Ruhig, fast somnambul antwortet sie auf die freundlichen Fragen. Man plaudert etwas über Europa '92 und die ehemalige DDR. Der Personaldirektor führt auf einem Vordruck Protokoll. Marianne D. hat klare Vorstellungen, sie möchte in die Marketing-Abteilung. Doch da habe die Bank im Moment nichts zu bieten. Vielleicht ein Praktikum? Vielleicht. Nach vierzig Minuten verabschiedet man sich, sie solle sich später noch einmal in Frankfurt melden.

Der Banker ist zufrieden. Sichere Ausstrahlung, klare Vorstellung, exzellentes Deutsch. Dennoch: „Konkrete Stellenangebote machen wir hier eigentlich nie." Ein zweiter Kontakt in der Zentrale ist unabdingbar. Auf einen Ansprechpartner in Frankfurt wird allerdings auch ein Bewerber verwiesen, der sich schon nach wenigen Minuten in ein Netz von Widersprüchen verstrickt hat, praktisch keine Frage direkt beantwortet und wie ein Nervenwrack auf dem Stuhl zittert und zappelt. Der Interviewer bleibt dennoch höflich und geduldig. Keine knallharten Bewerbungsgespräche, sondern eher Sondierungsdialoge werden hier geführt.

Einige Bewerber, die sich Konkreteres erhofft hatten, klagen, daß von manchen Firmen die Veranstaltung eher aus Prestigegründen als zur Personalrekrutierung besucht wird. Mark S. aus Schweden etwa schimpft: „Die Unternehmen wollen sich doch nur selbst darstellen. Ich habe das Gefühl, daß es den Fluggesellschaften nicht darum geht, hier neue Mitarbeiter zu finden, sondern daß die Jungmanager bei ihren Bewerbungsgesprächen mit ihrer Airline fliegen."

Der Personalchef eines großen Verlagshauses sieht das anders: „Der PR-Faktor ist für uns absolut zweitrangig. Das Forum ist eine Möglichkeit, außergewöhnliche Menschen kennenzulernen und für unser Unternehmen zu gewinnen", sagt er und nennt

Beispiele spektakulärer Blitzkarrieren. Der Diplompsychologe baut seine Interviews wesentlich aggressiver auf. Nur zu dreißig Prozent interessiert ihn die Fachqualifikation. Viel wichtiger sei die Persönlichkeit. Um die zu testen, treibt er seine Kandidaten bewußt in die Enge: „Waren Sie ein Streber?", „Kennen Sie Matchboxautos?" oder „Mit der Qualifikation könnten Sie auch zu Beate Uhse gehen", unterbricht er Christian, einen sieben-undzwanzigjährigen Wirtschaftsingenieur, der in gewählten Worten seine schulischen und akademischen Leistungen an-preist. „Was würden Sie mit einem Scheck über 10 Millionen Dollar machen?" fragt er, und wer da nur für karitative Zwecke spenden will, bekommt zu hören: „Das ist aber wenig unterneh-merisch." Den Personalmann interessiert vor allem „ein Kon-gruenz-Check. Das heißt: Deckt sich das Persönlichkeitsbild, das ein Kandidat vermitteln will, mit seinem Verhalten."

Auffallend ist, daß deutsche Unternehmen, vor allem aber auch deutsche Kandidaten in Brüssel mit Abstand am stärksten unter den beteiligten 34 Nationen vertreten sind (mehr als 25 Prozent). Die Gründe hierfür sind für Stéphane Wajskop simpel: „Weil es in Europa am meisten Deutsche gibt und weil die deutschen Bewerbungen mit Abstand am besten sind." Warum das Euromanagers Forum dann nicht gleich in Frankfurt statt-finde? „Weil der Prophet im eigenen Land nichts gilt und viele Deutsche dann wahrscheinlich gar nicht mehr kämen. Es würde der europäische Touch fehlen."

Europalia und das „kleine Portugal". „Petit Portugal" liegt seit Jahrzehnten in dem Brüsseler Stadtteil Ixelles rund um die Place Flagey. In den Schaufenstern hängen fette Paprikawürste, in den Vitrinen liegen Teigtaschen mit Hackfleisch. Wichtigster Treff-punkt für portugiesische Einwanderer, die in zwei Wellen vor der Weltausstellung 1958 und nach der EG-Vollmitgliedschaft 1986 nach Brüssel zogen, ist das Café „Alentejano", eine Art Bar-Behörde – die Kneipe als Botschaft, Kulturzentrum, Ar-beitsamt und Immobilienvermittlung zugleich. Die rund zehn-tausend Portugiesen gehören zu den kleineren Ausländergemeinschaften. Sie haben sich besonders schnell an belgische Lebensverhältnisse angepaßt. Im Alentejano riecht es nach gebratenem Öl, Fisch und dem Rauch von schwarzem Tabak. Die alte Wirtin serviert Muscheln und Fleisch im Steinguttopf. Aus dem Radio aber tönt nicht die nostalgisch scheppernde portugiesische Gitarre, sondern Jacques Brel und moderne Popmusik. In einer Ecke des benachbarten Café „Lisboa" steht sogar eine Manneken-Pis-Kopie. Portugiesische Kultur erscheint hier als Kultur der Assimilation. Ein paar Straßenecken weiter, in einer kleinen Grünanlage, entdeckt man den etwas melancholisch gesenkten Bronzekopf Fernando Pessoas, darunter in Marmor der Satz: „Mein Heimatland ist die portugiesische Sprache".

„Grand Portugal" aber liegt 1991 für ein paar Monate in Belgien: zwanzig Ausstellungen, hundert Konzerte, sechzig Filme, vier Theaterstücke, dreizehn Symposien und Rundtafelgespräche, Ballettaufführungen, Straßenfeste und literarische Lesungen sind während eines Vierteljahres in der Hauptstadt und an anderen Orten des Landes zu besuchen. Alle zwei Jahre wird Brüssel von einem exotischen Kulturschock heimgesucht. Alle zwei Jahre ist „Europalia", die größte, jeweils einem anderen Land gewidmete Kulturschau der alten Welt. Manchen ersetzt das Festival die Reise. Andere schimpfen über Reizüberflutung und Oberflächlichkeit zugleich: Der Fachmann wisse ohnehin schon alles, und der Laie werde auch nicht viel klüger.

Die Brüsseler Bourgeoisie aber hat ihr „Evénement" und rauscht von einer Cocktailparty zur nächsten. Empfänge der Europalia, im Palais des Beaux Arts, in der Opéra de la Monnaie, in der Lobby einer großen Bank, beim Botschafter oder in der Kommission sorgen bei der besseren Brüsseler Gesellschaft in den Villen und Châteaus des Stadtteils Uccle für Aufregung: Staatspräsidenten, Kultusminister, Künstler und Kritiker rücken Agrarverordnungen, EG-Richtlinien und Joint-ventures für einige Zeit in den Hintergrund. Brüssel moussiert und genießt die Aura einer kosmopolitischen Kulturstadt.

Die namenspendende Wortschöpfung Europalia, die manchen den Erfindungsgeist Brüsseler EG-Beamter vermuten läßt, geht in Wirklichkeit auf das 16. Jahrhundert und auf die Antike zurück. 1571 beschloß Maximilian II. anläßlich seiner Hochzeit mit Maria von Bayern, ein Fest zu veranstalten, bei dem die künstlerische Welt von Asien bis Afrika dem erhabenen Europa die Ehre erweisen sollte. Als Name wählte man eine Zusammensetzung aus Europa und Opalia, dem Erntedankfest der alten Römer. Rund vier Jahrhunderte später wandelte Belgien – und nicht die EG, die nur ein Sponsor unter vielen ist – die Idee ab und lud, ermutigt vom Erfolg des „Festival Mondial" anläßlich der Weltausstellung, 1969 Italien ein, sein Kulturleben zu präsentieren.

Seither ist die Europalia eine Art Kultur-Hitparade und als Prestige-Barometer nicht zuletzt ein Festival der Zahlen. Die Quantität des Gebotenen scheint oft ebenso wichtig wie die Qualität. Dabei entspricht das Zahlenwerk nicht unbedingt den künstlerischen Schwerpunkten der einzelnen Nationen. 1985 etwa präsentierte Spanien 345 Filme, obwohl es nicht primär für seine Cineasten berühmt ist, und Belgien, 1980 Gast im eigenen Land, zeigte 638 Theateraufführungen (England dagegen nur 112), obwohl es viel eher eine Domäne der Malerei als der elaborierten Bühnenkunst ist. Die meisten Besucher (rund 1,7 Millionen) lockte bisher interessanterweise Österreich (1987) an.

„Nach Portugal sollten Sie jetzt besser nicht fahren", erklärt mir im November 1991 ein portugiesischer Zahnarzt, der gerade Urlaub in seinem Heimatland gemacht hat. Dort seien zur Zeit die meisten Museen geschlossen. „Die haben ja alles, was im entferntesten mit Kunst zu tun hat, nach Belgien transportiert, und die meisten Künstler sind gleich mitgekommen." Der Kultur-Export als Exodus. Der Besitzer des Alentejano hat nach anderthalb Monaten noch keine Veranstaltung der „Europalia" besucht. Er nimmt einen tiefen Zug aus seiner Zigarette und schaut dem nach oben geblasenen Rauch nach: „Portugal ist sehr weit weg für mich, auch wenn jetzt hier ein paar Ausstellungen stattfinden."

Flagge zeigen – Brüsseler Blüten auf der Fahne. Brüssel zeigt Flagge: mit dem Design einer neuen Fahne. Dem flämischen Löwen und dem wallonischen Hahn hat die im Zuge der Föderalisierung selbständig gewordene Gemeinschaft ein eigenes Zeichen entgegenzusetzen. In einem langwierigen Prozeß entschieden sich Staatsmänner und Stadtväter für eine gelbe Iris auf dunkelblauem Grund, ein bodenlos assoziatives Symbol. Zunächst einmal liegt man damit mythologisch fundiert im Trend: Denn die Iris, so entnimmt das Volk den zentralstaatlichen Verlautbarungen, sei schließlich schon bei den alten Griechen ein „Botschafter des Friedens" gewesen. Außerdem ist diese Blüte keineswegs nur präventiv pazifistisch wirksam. Die Iris, profan auch Schwertlilie genannt, bewährte sich von alters her als Heilpflanze. Und im Mittelalter verkörperte sie außerdem als Marien-Symbol die reine Unschuld. Daß die Pflanze in der Literatur – seit Schillers Ballade „Die Kindesmörderin" – vor allem als „geknickte Lilie" zur Metapher avancierte, störte die Brüsseler kaum. Auch in der Farbgebung war man sich sicher: Gelb auf Blau, ganz so wie die Sterne auf dem Europa-Banner prangen. Doch die Europa-Symbolik vernebelte den Blick für botanische Realitäten. Die gelbe Iris – lateinisch ausgerechnet: Iris pseudacorus – kommt nämlich nur in „schlammigen Gewässern" vor und ist somit gleichsam eine Sumpfblüte. Nun birgt auch dies in Brüssel, der einst wirklich auf unsolidem Grund gebauten Großstadt, eine tiefere Wahrheit, zumal auch heute noch so mancher in ihrem politischen Morast versinkt. Doch das eigentlich Glitschige an den Blüten dieser Friedens-Flora ist etwas anderes: Was wie ein etwas verspätetes Transparent der Flowerpower anmutet, könnte auch alte, europafeindliche Vorurteile schüren: Statt zu handeln, beschränke sich Brüssel auf flatternde Symbole.

Frauenmuseum – der Berufsprovokateur Jan Bucquoy. Brüssel ist eine Kulturstadt: Hundertvierzig Galerien und mehr als siebzig Museen zählt die belgische Metropole. Zu solch stolzer Statistik tragen neben den Tempeln historischer und avantgardistischer Kunst jedoch nicht nur Institute wie das Automobilmuseum, ein Museum des Verbrechens, eines für Jahrmarktorgeln und ein Biermuseum bei, sondern auch die multimedial akklamierte Einrichtung eins Slip-Museums. Hier wurde während eines Jahres nicht etwa die Kulturgeschichte der Dessous dokumentiert, der flämische Comic-Zeichner und Berufsprovokateur Jan Bucquoy („Ich bin nicht subventioniert, sondern subversiv") sammelte vielmehr Unterhosen berühmter Zeitgenossen, präsentierte „Confiture de Slip" in Einmachgläsern, zeigte Prominente in Unterwäsche und setzte Politikern von De Gaulle bis Kohl Unterhosen-Hüte auf den (Foto-)Kopf. Sein pazifistisches Anliegen: „In Unterhosen läßt sich kein Krieg führen."

Nachdem sich jedoch die Aufregung gelegt hatte, sattelte der Museumsdirektor flugs auf ein anderes Forschungsfeld um. Bucquoy, der gerne unaufgefordert erklärt: „Ich habe schon so ziemlich alles gemacht. Nur Pianist in einem Bordell war ich noch nicht", kommt damit seinem alten Berufswunsch nicht unwesentlich näher: „Musée des femmes" nennt sich sein erweitertes Institut. Neben „Sex-Bomben" und anderen eigenwilligen Installationen sowie Sammler-Preziosen aus den Eros-Centern dieses Erdballs ist hier vor allem die lebende Frau als Museumsstück von Interesse: Vierzehn Spezies werden auf weißen Stühlen und Podesten sitzend gezeigt, darunter die „dumme Frau", die „Kindfrau", die „lesbische Frau" oder die „Hausfrau (Domina)", wie kleine Hinweisschilder in flämischer, französischer und – die naturwissenschaftliche Akribie fordert Tribut – in lateinischer Sprache erklären.

Die Exponate arbeiten ehrenamtlich. Manchmal sprechen sie auch. „Das ist das erste Mal, daß ein Ausstellungsgegenstand mit mir diskutiert", schimpft der Direktor dann. Die „lesbische Frau" raucht eine Zigarette und versucht als studierte Theaterwissenschaftlerin ihre Freude an der Zurschaustellung mit soziologisch-analytischen Motiven zu verteidigen: „Ich studiere das Publikum und seine Reaktionen auf die Konfrontation mit einer gesellschaftlichen Minorität." Wir verstehen: ein Kunstwerk im Dienste der Wissenschaft.

Hauptwerke sind zweifellos die „alte Frau" (strickend) und die „nackte Frau" (lesend). Letztere, eine füllige Rubens-Schönheit, läßt ihr Sitzfleisch verschwenderisch über die Ränder eines engen Holzstuhls quellen und blättert somnambul in einem Comic. Als eine Schulklasse die Ausstellung besucht, stürmt der Museumsdirektor begeistert herbei, mischt sich unter die Schülerschar und ruft: „Wunderbar, ich suche für heute noch eine Jungfrau." Natürlich hat auch Bucquoy, der gerne seine Geistesverwandtschaft zu Michel Foucault unterstreicht, mit seinem „Musée des femmes" ein gesellschaftliches Anliegen: „Frauen haben die Macht übernommen. Die Frau als Objekt gehört der Vergangenheit an. Deshalb wird es Zeit, diesen historischen Frauentyp im Museum zu zeigen." Feministinnen glauben es, Frauenmagazine aus ganz Europa schicken Reporter. Bucquoy jedoch, der seine wechselnden Exponate selbst aussucht, gesteht schließlich den wahren Grund für seine musealen Ambitionen: „Das Museum gibt mir endlich die Möglichkeit, Frauen anzusprechen. Früher mußte ich immer fragen: ‚Kennen wir uns nicht?', heute brauche ich nur noch zu sagen: ‚Ich habe ein Frauenmuseum.'"

Adresse: 46 Rue Quinaux, Tel. 2 45 47 42

Grand Place – an jedem Samstag ist Premiere.

Dienstag, 7. April, 13.30 Uhr

Nadelstreifen. Die Herren in grauen, dunkelblauen und braunen Anzügen bestimmen das Bild. Auf der Grand Place, für den Architekten Oswald Mathias Ungers „wahrscheinlich der schönste Platz Europas", flanieren Geschäftsleute. Eine distinguierte Delegation schlendert ins Gespräch vertieft über das Kopfsteinpflaster, vermutlich britische Diplomaten. Ein Herr sitzt bei einem Glas Weißwein in einem der Holzterrassencafés und liest, abwechselnd Financial Times und Neue Zürcher Zeitung, vielleicht ein Schweizer EG-Lobbyist. Laut plappernd suchen vier Italiener nach einem Restaurant, sicher Geschäftsbesuch aus Mailand. Bei „Vincent", angeblich dem größten Krawattengeschäft Europas, wühlt ein dunkelhaariger Mann im zu engen Einreiher in den Unmengen von Bindern, möglicherweise ein Computerspezialist aus Spanien.

In der Mittagszeit wirkt die Grand Place wie die Lobby eines Grandhotels. Zwischen internationalen Managern und Politikern drängen hier und da noch ein paar Hausfrauen, genervt vom Einkauf zurückkehrend, und gelegentlich Studenten. Vor allem aber ist das Terrain des 110 Meter langen und 68 Meter breiten Geländes ein Marktplatz der gehobenen Marktwirtschaft: Busineß beim Bier. Damit erfüllt das „Herz der Hauptstadt" wieder seine ursprüngliche Funktion: Im zwölften Jahrhundert nämlich trafen sich hier in ein paar Holzbuden Händler und machten Geschäfte. Der Platz war damals weder gepflastert noch rechteckig. Beliebt war er nur, weil er sich auf der Sandbank eines trockengelegten Moores befand. Im Gegensatz zu der sonst schlammig feuchten Brüsseler Gegend war man hier bei seinen Geschäften vergleichsweise sicher, sauber – und trokken. Nur während damals die Händler aus der Rue au Beurre

Butter vom Block verkauften, verhandeln heute Agrarexperten über den Butterberg.

Sonntag, 22. September, 17.00 Uhr

Fassaden. Das Gold, die Farben und Figuren glühen im Licht der tiefen Sonne. Herbstgerüche. Die Grand Place ist fast leer. Die Touristen sind schon weg, die übers Wochenende nach Hause gefahrenen Berufseuropäer noch nicht da. Und die Brüsseler sind müde vom vielen Essen. Die Grand Place gehört den Häusern – und denen, die sie in Ruhe betrachten wollen. Keiner verstellt den Blick auf die Fassaden der dreiunddreißig Zunfthäuser. Den Globus und den Zirkel auf „Le Sac" installierte die Innung der Schreiner und Küfer. Auf dem Haus der Flußschiffer formte man den Giebel zur Galeone, darunter fischleibige Meeresgötter. Nicht jede Zunft erschließt sich zwingend aus der Symbolik der Dächer. Die Bäcker verzierten ihr Haus mit einer goldenen Fama, der Verkörperung des Gerüchtes, vermutlich tratschten sie besonders gerne. Die Metzger dagegen widmeten ihren Giebel „Le Cygne", auch wenn Schwanenfleisch nicht gerade als profitable Delikatesse gilt. Gleich sechs Zünfte teilten sich das „Maison des Ducs de Brabant". La Brouette oder Schubkarren heißt das Haus der Fettmacher, eines der ganz wenigen Bauwerke der Grand Place, die die Verwüstung der Truppen von Ludwig XIV. im Jahre 1695 einigermaßen unversehrt überstanden. Die übrigen Zunfthäuser mußten alle neu errichtet werden. Das Feuer der französischen Truppen hatte die alten Holzhäuser zusammen mit 4000 anderen Gebäuden in Schutt und Asche gelegt. Doch die Zünfte waren reiche und schnelle Bauherren: Schon im Jahre 1700 hatte man die neuen Steinhäuser vollendet, im italienischen Barock, kombiniert mit ein paar Dekorelementen der flämischen Spätgotik.

Wie Bücher aus einer vergangenen Zeit lassen sich ihre Fassaden lesen. Doch was dahinter passiert, hat mit dem nostalgischen Schein wenig zu tun: Banken, Reisebüros, Agenturen und Fluggesellschaften haben den begehrten Büroraum gemietet. Nur das Haus der Brauer wird noch heute von der alten Zunft genutzt.

„Le Pigeon" dagegen, das Wohnhaus von Victor Hugo, versorgt Touristen mit Brüsseler Spitzen. Hugo, der, von Napoleon III. vertrieben, am 11. Dezember in Brüssel unter falschem Namen eintraf, verbrachte das Jahr 1852 überwiegend schreibend in seiner Wohnung an der Grand Place. Haßerfüllt verfaßte er das Buch „Napoleon le Petit". Über Brüssels schönsten Platz aber, den er bewunderte und am liebsten gar nicht mehr verlassen wollte, ist ein anderes Wort von dem Literaten überliefert: „Gigantisch." Man kann es nachvollziehen. Auch wenn die Sonne längst verschwunden ist.

Donnerstag, 12. Dezember, 15.00 Uhr

Regen. Der braungraue Schneematsch wird von einem wärmeren Winterregen weggespült. Man rutscht leicht aus auf dem glitschigen Katzenkopf-Pflaster. Die Grand Place ist grün vor Weihnachtsbäumen. Hinter der größten Tanne, einem hochgedüngten Prachtexemplar, steht eine Krippe, größer als jede Bauernscheune. Davor drängeln Kinder, nicht wegen der biblischen Figuren, sondern wegen der Schafe. Die Tiere sind echt – und ziemlich verschüchtert. Die Fassaden ringsum sehen aus wie Lebkuchenhäuser, auf deren Dächern langsam der Zuckerguß wegschmilzt. Die Grand Place – ein Weihnachtskalender. Nur bleiben will hier – außer den Kindern – niemand. Man läuft über den Platz, um zu dem Zuckerbäcker „Dandoy" zu gelangen, dem Konditor mit den besten Spekulatius. Der Zimt-Zucker-Mandelteig ist zwar das ganze Jahr über beliebt, aber im Dezember duftet es besonders verlockend aus dem kleinen Holzladen. Andere schleichen unter ihren Regenschirmen in die Chaloupe d'Or, um in den verwinkelten, knorrigen Holzstuben ein Glas Tee oder einen Grog zu trinken. Einen Eingang weiter, bei Godiva, sorgt das Weihnachtsgeschäft für Aufregung hinter der Theke. Und im Maison du Cygne werden gerade frische Austern und Geflügel geliefert. Jeden Abend treffen sich in dem hochdekorierten Feinschmecker-Restaurant Gourmets, um in englischer Clubatmosphäre zu tafeln. Was die Preise betrifft, eine der ersten Adressen Brüssels. Und einst auch die Adresse von Karl

Marx, der um 1847 hier zusammen mit Friedrich Engels am Kommunistischen Manifest feilte und die „Arbeiter Assoziation" gründete. Aber auch heute noch vertreten nicht wenige EG-Funktionäre, die hier dinieren, sozialistische Parteien. Champagnertrinker aller Länder vereinigt euch ...

Sonntag, 15. Juli, 11.00 Uhr

Vögel. Es zwitschert, pfeift, tiriliert, zirpt, schnarrt und flattert in den Käfigen, die wie Legebatterien aneinandergereiht sind. Spreu sprüht durch die Luft. In einer offenen Schale kriechen gelbe Würmer. Der Verkäufer greift hinein und hält den schokkierten Passanten eine Handvoll unter die Nase. Immer mehr Neugierige drängen sich durch die engen Reihen des Vogelmarktes, der Sonntag vormittags die Grand Place in eine Tierhandlung verwandelt. Auch Hühner und Enten werden feilgeboten. Aber die eigentliche Attraktion sind neben den ekligen Würmern exotische Ziervögel. Bunter als jeder Blumenstrauß leuchten die Farben. Nicht nur bei den Papageienarten, sondern auch bei den winzigen, an besprenkelte Kanarienvögel erinnernden Federtieren aus Südamerika. Ein Engländer streitet mit seiner Frau, ob man so ein Tier nicht einfach mit nach Dover nehmen könnte. Eine japanische Reisegruppe beschränkt sich auf Fotos.

In dem morgendlichen Sonnenlicht ist auch das alte Rathaus ein dankbares Motiv. Das zwischen 1402 und 1450 zum ersten Mal erbaute Hotel de Ville mit dem markanten Turm sollte das Rathaus in Brügge an Pracht übertreffen. Als der Architekt jedoch entdeckte, daß das Portal nicht in der Achse des Turmes liegt, soll er sich – so will es die ziemlich unwahrscheinliche Legende – vom dem 91 Meter hohen „Belfried" zu Tode gestürzt haben. Im siebzehnten Jahrhundert wurde das Stadhuis durch den Überfall der Franzosen zerstört. Sein endgültiges Aussehen erhielt der ganz an der flämischen Gotik des Originals orientierte Nachbau erst Mitte des 19. Jahrhunderts.

Wesentlich häufiger wiederaufgebaut wurde die gegenüberliegende Maison du Roi, die schon im dreizehnten Jahrhundert als

Brodhuis den Brüsseler Bäckern als Arbeitsplatz diente. Im fünfzehnten Jahrhundert war es dann eine Art Markthalle für ortsfremde Bäcker, die halfen, den Brüsseler Brotbedarf zu decken. In einem neuen Gebäude an gleicher Stelle residierte im sechzehnten Jahrhundert dann der Gerichtshof. Aus „Pretorium Regium" machte der Volksmund „Haus des Königs", und bei diesem Namen blieb es, obwohl hier nie ein König gewohnt hat. Nach etlichen Neu- und Umbauten versuchte man Ende des neunzehnten Jahrhunderts, dem Haus wieder seine ursprüngliche Form zu geben. Heute ist hier das Stadtmuseum untergebracht. Die Hauptattraktion sind die Kostüme des Manneken Pis, dem ein eigener Trakt gewidmet ist. Den Japanern begegnet man in diesem Raum wieder: staunend, vor einem Kimono.

Samstag, 3. Mai, 20.00 Uhr

Menschen. Man sieht keine Grand Place, nur Körper. Frauen mit kräftigen Waden und fetten süßen Waffeln in der Hand. Kinder, Eis essend. Männer im sportlich bunten Trainings-Freizeitlook, die Pralinendose in der Hand. Man sitzt noch beim Aperitif vor der Maison du Roi, oder man drängt schon zum Abendessen in die Seitenstraßen, vorbei an den Dekorationen mit Hummern, Seemandeln, Krebsen, Austern, Crevetten und riesigen Fischen, denen man das Maul mit einer Gabel aufgesperrt hat. Herren im britischen Maßanzug mit durchknöpfbaren Ärmeln. Damen in den neuesten Kreationen von Kenzo bis Chanel. Straßenkünstler haben hier keinen Platz. Alle sind in Bewegung, geschminkt oder ungeschminkt, laut oder leise, schnell oder langsam, schimpfend oder schmusend, parfümiert oder stark parfümiert. Die Gesichter glühen in freudiger Erwartung. Und alle haben das gleiche Ziel: essen, speisen, tafeln, fressen. La grande bouffe. Die in die Jahre gekommenen Hippies stochern in Pommes frites oder Pitas. Punker mampfen Pizza, ein Häppchen für die Ratte, die von der Schulter auf den Schoß kriecht. Hunde pinkeln. Tauben picken. Jean Cocteau nannte die Grand Place die „schönste Theaterbühne der Welt". An jedem Samstag abend ist Premiere.

Hundedreck – die Stadt als Mülleimer. Die toupierte Dame steht seelenruhig neben ihrem apricotfarbenen Königspudel, der direkt vor dem Eingang eines Pralinengeschäfts mit seinen Exkrementen niederkommt. Wohlwollend blickt sie auf die Konsistenz und schaut fast triumphierend in die drängelnde Menge: Was für eine Darmflora.

Der gesenkte Blick vieler Brüsseler Passanten hat weniger psychologische als hygienische Gründe. Ein aufrechter Gang ist in der Innenstadt, aber auch in Vierteln wie Schaerbeek, St. Gilles oder Anderlecht nicht empfehlenswert: Wer hier die Nase zu hoch trägt, muß sie bald über das rümpfen, was an seinen Schuhsohlen klebt. Hundehaufen sind auf manchen Bürgersteigen ebenso zahlreich wie Pflastersteine. Eine gemütliche Promenade wird da zum stressigen Slalom zwischen Fäkalien.

Mehr als ein Drittel aller Brüsseler Haushalte besitzt Hunde oder Katzen. Bedürfnisanstalten für Vierbeiner aber gibt es ebensowenig wie ein Umweltbewußtsein der Besitzer. Und die Stadt fühlt sich auch kaum verantwortlich. Zu Verdauungshalden verkommen so nicht nur Trottoirs, auch Spielplätze, Grünanlagen, Tunnel und Hauseingänge werden mitunter von Säugetieren verschiedenster Spezies heimgesucht – mitunter auch unter Beteiligung des Homo sapiens.

Brüssel tut alles, um den Ruf als „schmutzigste Stadt Europas" zu festigen. Mülltonnen etwa existieren in den meisten Stadtteilen nicht. Im Idealfall werden die Abfälle eingetütet und zweimal pro Woche vor die Tür gestellt. Doch oft scheint das Verschließen der Müllsäcke zu aufwendig, und der Unrat wird unverpackt auf den Straßen abgeladen. In manchen Vierteln dient auch noch – nach alter Burgherrensitte – ein Hausfenster als Entsorgungsventil.

Da paßt es ganz gut ins mittelalterliche (Stadt-)Bild, daß Brüssel die wohl einzige europäische Metropole ist, die über keine Kläranlage verfügt. Der die Stadt durchziehende Fluß Senne ist denn auch kein Wasseridyll, an dessen Ufern sich romantisch rasten ließe, sondern eine stinkende Kloake. Anstatt sie zu reinigen, hat man die Senne kurzerhand mit Beton überbaut. Die den Blicken und Nasen sich fast völlig entziehende Brühe tritt erst vor den Toren der Stadt wieder richtig ans Tageslicht. Als eine Umweltorganisation Schlammproben entnahm, bestätigte das Labor-Resultat den geruchlichen Eindruck: keinen Schlamm, sondern Fäkalien hatte man im Reagenzglas.

Abfalltrennung ist in Brüssel ebenso ein Fremdwort wie umweltbewußte Müllvernichtung. Als Greenpeace die Asche der zuständigen Müllverbrennungsanlage untersuchen ließ, ergab sich ein Wert an krebserregenden Dioxinen und Furanen, der rund hundert Mal über der in Deutschland zulässigen Norm liegt. Für eine Rauchwaschanlage aber fehlt in einem Land mit rund 400 Milliarden Mark Staatsverschuldung vorerst das Geld.

1992 entschieden sich belgische Politiker dann doch, mit dem Image von „Bruxelles Poubelle" (Mülleimer Brüssel) nicht mehr ewig weiterleben zu wollen. Die PR- und Informations-Aktion „Bruxelles Propreté" (Brüssels Sauberkeit) wurde gestartet. Und da eine Stadt nicht durch propere Worte sauber wird, entschied man sich für drakonische Strafen, die aus Singapur, dem unangefochtenen Zürich Südostasiens, abgeschaut scheinen. Wer beim Wegwerfen einer Zigarettenkippe erwischt wird, zahlt in dem asiatischen Musterstädtle 500 Dollar. In Brüssel sind es immerhin 1500 Francs (75 Mark). Und Müll, zur falschen Zeit am falschen Platz entleert, kann 150 Mark teuer werden. Doch richtig rigide wird das liberale Brüssel, dessen Lässigkeit die Lebensqualität mehr bereichert als das Straßenbild, wohl nie werden. In dem Stadtteil St. Josse appelliert ein Hinweisschild auf einer kleinen Grünanlage freundlich, fast schüchtern an die Sauberkeit der Bevölkerung: „Wir sind keine Abfalleimer, wir sind Bäume."

Justizpalast als Labyrinth – allein auf dem Galgenberg. Der Pförtner ist ungehalten. „Ich habe es Ihnen doch schon mal gesagt, hier ist seit einer Viertelstunde geschlossen, und ich gehe jetzt nach Hause. Kommen sie morgen wieder." Morgen und überhaupt in nächster Zeit kann ich nicht, ob es nicht doch eine Möglichkeit gebe, den Justizpalast von innen zu sehen, nur für ein paar Minuten … Nach langem Hin und Her gibt der Mann nach, weniger aus Freundlichkeit als vielmehr, um endlich seine Ruhe zu haben: „Ich mache jetzt Feierabend und schließe hier zu. Am anderen Ende gibt es einen Notausgang, der ist noch bis sieben offen. Wenn sie sich zutrauen, ihn zu finden, dann lasse ich Sie hier allein." „Natürlich", „Sind Sie sicher?", „Ja, kein Problem", „Na gut", sagt der Pförtner und lächelt auf etwas beunruhigende Weise.

Ein Wunder: alleine im Machtzentrum der Justiz, in einem Gebäude, das lange Zeit das größte Bauwerk der Welt war, 26 000 Quadratmeter bebaute Fläche, fast doppelt so groß wie der Petersdom in Rom. Schon von außen wirkt der Brüsseler Justizpalast beängstigend, brutal. Die hölzerne Eingangstür ist zehneinhalb Meter hoch – eine Drohgebärde des Gesetzes. „Größenwahn", urteilte der Jugendstil-Architekt Viktor Horta, „furchterregend", notierte Verlaine. „Mammut", schimpfen die Anwälte, die heute in dem Palast ihren Dienst tun.

Ein Machtbeweis des belgischen Königs Leopold II., der das Gebäude zwischen 1866 und 1883 errichten ließ. Und ein Inbegriff eklektizistischer Stillosigkeit. Der Architekt Joseph Poelaert mischte hier griechische, römische, ägyptische Architekturelemente, ionische, dorische und sonstige Säulen zu einem monumentalen Pseudoklassizismus. Nicht einladend, sondern einschüchternd wollte es Leopold. Glücklich wurde nie jemand mit dem Gebäude. Schon während des Baus protestierte das Volk, spotteten Architekten. Der zwischen den Interessen zerriebene Baumeister starb vier Jahre vor der Fertigstellung. Das Gelände um und unter dem Justizpalast wurde nach ihm benannt: Place Poelaert, natürlich Brüssels größter Platz. Früher, im Mittelalter, befand sich hier, am Rande der Oberstadt und über dem ärmlichen Marollenviertel, der Galgenberg.

An diesem Abend herrscht Totenstille in der Eingangshalle und den angrenzenden Gängen, kein verspäteter Beamter mehr, kein Putzkommando, kein Sicherheitsdienst, nichts. In dem Hauptsaal, der „Salle des pas Perdus", stelle ich mich genau in die Mitte, auf ein sternförmiges Marmormosaik und blicke in die hundertvier Meter hohe Kuppel, die im Abendsonnenlicht wie ein leicht vernebelter Goldpilz strahlt. Weiße, tennisfeldbreite Treppen führen auf allen Seiten in die oberen Stockwerke der Haupthalle und in angrenzende Gebäudetrakte. An Skulpturen und Bronzebüsten juristischer Honoratioren vorbei gelange ich in das undurchschaubare System von Gängen, die zu Gerichtssälen, Warteräumen und Verwaltungseinheiten führen. 245 Büros, um acht Innenhöfe gruppiert, die sich alle zum verwechseln ähnlich sehen.

Auf 26 000 Quadratmetern kann man lange laufen, bis man ankommt. Hinter jeder Tür folgt eine weitere Tür, hinter jedem Gang kommt ein weiterer Gang. Die Gänge wirken endlos, nur durch die seitlich einfallende Sonne gegliedert, die aufgewirbelten Staub in gelbe Diagonalen verwandelt, wie mit dem Laserstrahl gezeichnet. Überall stehen die gleichen Holzstühle und die gleichen Holztische. Wie eine Fatamorgana erscheint das Bild eines Beamten mit Ärmelschonern.

Ich denke an Orson Welles. Und verstehe, warum er ausgerechnet im Brüsseler Justizpalast Kafkas „Prozeß" verfilmen wollte. Er hat seinen Traum nie realisiert. Die Realität ist kafkaesker.

Von den marmorstrotzenden Repräsentations-Fluren gelangt man in Seitengänge, flacher, schmaler, schmutziger. An den Wänden blättert der gelbliche Putz ab. Dienstbotengänge, wie Schlupfwege für das Gesinde in herrschaftlichen Schlössern. Eine Treppe führt in ein Kellergeschoß, dann weiter in eine zweite und dritte Tiefebene, kein Lichtstrahl und kein Lichtschalter ist mehr zu sehen. Nur das Brummen eines Stromaggregats oder einer Heizung hört man.

Längst habe ich die Orientierung verloren. Ein Aufzug führt bis in den sechsten Stock hinauf, untergliedert in Zwischenebenen, von 01 etwa kommt man nach 001 und dann erst nach 02, plötzlich fehlt ein Zwischengeschoß, dann wieder gibt es zwei. Ein Blick auf die Uhr: In zwanzig Minuten schließt auch der letzte Ausgang. Im Gegensatz zu den Sälen sind die kleinen Amtsstuben verschlossen, telefonieren kann man nicht. Hinweisschilder gibt es selten – und die führen nur zu dem längst geschlossenen Hauptausgang. Es wird dunkel. Langsam arbeite ich mich durch die 27 Gerichtssäle: Militärgericht, Wirtschaftsgericht, Friedensgericht steht in alten Lettern über den von innen mit abgestepptem Leder gepolsterten Türen. Der erhöhte, breite Richterstuhl vorne in der Mitte wirkt beklemmend im Vergleich zu den Holzschemeln, auf denen wohl Angeklagte und Zeugen Platz nehmen.

Bronzefiguren tauchen wie Geisterbahnfiguren aus dem dämmerigen Licht hervor. Und immer wieder Nummern und Buchstaben an den Beamtenzimmern, Koordinaten der Bürokratie. Über einem Zimmer steht „Kriegsrat". Wozu der Raum wohl heute benutzt wird, wenn er überhaupt benutzt wird? Als ich die Tür öffne, erschrecke ich über ein Geräusch. Aber kein Mensch, nur der Minutenzeiger einer großen Uhr hat sich bewegt. Passieren kann ja nichts, beruhige ich mich, und werde doch immer unruhiger. Die Neugier ist weg, ich will nur noch raus. Und die Zeit wird knapp. Es riecht nach Bohnerwachs. Meine Schritte auf dem Marmorboden klingen immer lauter. Ich laufe schneller, renne fast, wechsele die Stockwerke, verwechsele die immergleichen Gänge. Nicht einmal eine Himmelsrichtung läßt sich in der Dunkelheit noch feststellen. Ich gehe weiter, ziellos und ohne viel Hoffnung, eher auf der Suche nach einem geeigneten Schlafplatz als nach dem Ausgang. Plötzlich ein kleines altes Holzschild: „Sortie rue aux laines". Das muß er sein. Hundert Meter weiter eine winzige Holztür, dahinter eine Pförtnerloge ohne Pförtner, noch eine Tür, dann endlich wieder der Geruch und die Geräusche von Verkehr und Großstadt.

Keersmaekers Traumtänze – die Choreographin als Kultfigur. „Seit Maurice Bejart Brüssel verlassen hat, ist die belgische Ballettszene eher noch lebendiger geworden", erzählt ein Ballettfan, der „seit zwanzig Jahren keine wichtige Vorstellung verpaßt" hat. „Wir haben zwar einen der bedeutendsten Choreographen des Jahrhunderts aus Brüssel vertrieben, aber viele junge Künstler konnten sich seither viel freier entwickeln. Der große Übervater hat einige in ihrer Arbeit sehr blockiert." Ein Großteil der jungen Choreographen, die dafür verantwortlich sind, daß „belgisches Tanztheater" heute auf den internationalen Festivals als „wegweisend" gilt, studierte in der von Bejart gegründeten Ballettschule „Mudra". Epigonen sind sie deshalb nicht geworden. Was heute in der Brüsseler Szene passiert, hat mit Bejarts Ästhetik wenig zu tun. Gemeinsam haben diese Leute nur, daß sie nichts gemeinsam haben. Und daß jeder sie gesehen haben muß. Choreographien von Wim Vandekeybus oder Jan Fabre, Michèle Anne de Mey oder Fréderic Flamand sind oft Wochen vorher ausverkauft. Neben der Oper und dem Reine-Elisabeth-Wettbewerb ist das Ballett Brüssels beliebtestes Gesellschaftsspiel.

Die populärste Kultfigur dieser Szene heißt Anne Teresa de Keersmaeker – zur Freude der gerade in kulturellen Dingen sehr ehrgeizigen flämischen Gemeinde. Den Namen der 1960 in Mechelen bei Antwerpen geborenen Choreographin zitieren Ballett-Kritiker in Moskau ebenso wie in New York, und ihre Kompanie „Rosas" unternimmt Tourneen bis nach Israel, Kanada oder USA. Schon 1985 gewann Anne Teresa de Keersmaeker einen ersten belgisch-holländischen Preis für ihre Arbeit. Dem sind mittlerweile fünf weitere internationale Auszeichnungen gefolgt, darunter 1988 der „Bessie Award", der international wohl prestigereichste Preis, den Amerika in der Ballettbranche vergibt. Seit 1992 ist de Keersmaeker Chefchoreographin des „Théâtre de la Monnaie" – und damit die Nachfolgerin des großen Bejart.

Üblicher Bedeutungssuche entzieht sie sich. „Alles, was man sieht oder hört, muß immer etwas bedeuten. Am erschreckendsten finde ich die Angst vieler Zuschauer, sich in ihren Interpretationen oder Empfindungen geirrt zu haben", sagt sie, das ganze Gesicht so weit weggewendet wie nur möglich und nervös auf ihre Unterlippe beißend: „Nach einer Vorstellung werde ich oft gefragt, war es richtig, daß ich das so oder so gedeutet habe. Wie traurig. In der Kunst gibt es doch kein richtig oder falsch."

Mit dem Etikett „Minimalismus" lebt Anne Teresa de Keersmaeker, seitdem sie 1982 – als Erweiterung ihres Solostücks „Violin Phases" – vier Kompositionen von Steve Reich choreographierte. „Fase", ihre nach dem 1980 aufgeführten Stück „Asch" zweite abendfüllende Choreographie, wurde ein großer Erfolg, und die Ballettwelt zog die passende Stilschublade.

Eines ihrer gelungensten Stücke heißt „Achterland", nach dem niederländischen Wort für Hinterland. Die Bühne ist quadratisch, wie ein Parkettboden aus verschiedenen Holzquadraten zusammengesetzt. Im Hintergrund schwebt eine rechteckige Holzinstallation. Am linken Bühnenrand steht ein Geiger, von einem quadratischen Scheinwerferspot beleuchtet. Er spielt die erste Solo-Sonate für Violine von Eugène Ysaye. Ein wildromatisches, oft anarchisch aufblitzendes Virtuosenstück des belgischen Musikers.

Zwischen die drei Sonaten geschachtelt intoniert ein Pianist auf der Bühne György Ligetis „Acht Studien für Klavier". Die scharfkantigen, nüchternen Ton-Aphorismen wirken wie ein magnetischer Gegenpol zu den spätromantischen Sonaten. In diesem Spannungsfeld entwickelt der Tanz seine Energie. Nicht an der Musik entlang, sondern meist aus der Musik heraus sind die hochpräzisen, perfektionistisch ausgefeilten Bewegungen entwickelt. Immer wieder werden rasendschnelle Sechzentel-Kaskaden wie von Blitzableitern in synchrone Körperbewegungen überführt.

Damen tanzen in hohen Stöckelschuhen und engen, kurzen Röcken, machen Sprünge, drehen Pirouetten, ein nervöses Tippen mit dem Absatz verdoppelt, vervielfacht sich zur Steppeinlage, Händeklatschen, überkreuz und in festen rhythmischen

Rastern erinnert an ausgelassene Schulmädchenspiele. Männer heben zum himmelstürmenden Pas de deux an oder kugeln wie Breakdancer mit gebuckeltem Rücken über den Boden. Ein Leitmotiv, das schon 1983 in dem Stück „Rosas danst Rosas" eine entscheidende Rolle spielte, ist der Stuhl, auf dem eine oder mehrere Frauen sitzen – und doch nicht sitzen können. Immer wieder springen sie auf, fingern unruhig an sich herum, streichen die Haare zurück, schlagen die Beine übereinander, zupfen ihr Kleid zurecht. Neurotische Alltagsbewegungen im Zeitraffer.

Ob das noch Ballett oder Tanz ist? Völlig unwichtig. Anne Teresa de Keersmaeker hat anderes im Sinn. Tanz-Konzerte könnte und sollte man ihre Aufführungen nennen. Im Vordergrund steht die live gespielte Musik. Nicht mehr vom Band oder aus dem Orchestergraben kommen die Klänge. Sie sind selbst Teil der Szene. Das nach gründlichem Partiturstudium entwikkelte Vokabular der Körpersprache soll helfen, die Musik besser, intensiver zu empfinden. Die Bewegung als Aperçu, tänzerische Gesten als Fußnoten der Noten.

Mit dem Ballett begann Anne Teresa de Keersmaeker als Zehnjährige. „Daß ich Choreographin werden wollte, stand von Anfang an fest. Ich war nie eine gute Tänzerin, weil ich nie das machen wollte, was man von mir verlangte", erklärt sie. Nach Jahren auf verschiedenen Tanzschulen in Mechelen und Brüssel wurde sie 1978 in Bejarts „Mudra"-Schule aufgenommen. 1981 verbrachte sie ein Jahr an der School of Modern Arts in New York, eine Zeit der „entscheidenden Impulse". 1983 gründete sie mit drei anderen Frauen die Tanztruppe „Rosas", die seither ständig gewachsen ist. Diejenigen, die damals die Belgierin vorschnell als Speerspitze der Frauentanz-Bewegung vereinnahmen wollten, sahen sich bald getäuscht: „Ich erkenne keinerlei Notwendigkeit, mich als Feministin zu definieren. Menschen sind Individuen", erklärt die Choreographin fast aggressiv.

Ihr Domizil hat die Gruppe Rosas mit einem kleinen Team von Organisatoren und Assistenten in einem Haus des ärmlichen und verfallenen Brüsseler Stadtteils Molenbeek. Fast jeden Nachmittag arbeitet hier Anne Teresa de Keersmaker, die seit einigen Jahren nicht mehr selbst tanzt, mit ihrer Truppe. Wenn man sie bei den Proben beobachtet, erscheint die fragile Frau, der man sonst eher das Spiel mit einer Glasmenagerie als die Führung von Menschen zutrauen würde, wie umgewandelt: Unerbittlich streng treibt sie ihre Tänzer zu äußerster Präzision, motiviert begeistert und begeisterungsfähig, beharrt auf einer bestimmten unbequemen Geste und schimpft über einen Bewegungsablauf, der um Sekundenbruchteile verzögert kommt.

Doch kaum ist die Probe verbei, wird aus der autoritären Enthusiastin wieder ein unsicheres, unkonzentriertes Mädchen. Die Veränderung ist, als sei ein Motor ausgefallen. Hektisch zündet sie sich eine Zigarette nach der anderen an. Ihr Blick aus großen braunen Augen hat etwas Erschrecktes, Verletzliches. Der Mund zieht seine Winkel schlecht gelaunt nach unten und wirkt hart, fast verbittert. Sie wirkt ungemütlich, verbreitet eine Aura von Unbehaustsein. „Selbstzweifel", das erkennt sie selbst, „sind bei mir omnipräsent." Ruhelosigkeit ist ein anderes Schlüsselwort. Ein Schlüssel zum künstlerischen Erfolg der Choreographin. Die Privatperson Anne Teresa de Keersmaeker aber bleibt verschlossen wie ein Tresor.

Oder ist am Ende ihre Arbeit der genaueste Spiegel ihres Charakters? Das Harte, das Fragile, das Nervöse, das Ängstliche und immer wieder das Mädchenhafte – auf der Bühne begegnet man jeder Facette: die harten, mit mathematischer Unbeirrbarkeit kalkulierten Repetitionsmuster, die fragilen, wie Marionettenpuppen in sich zusammenfallenden Gesten, das nervöse Zupfen und Rupfen an sich selbst, das ängstliche, unsichere Vor und Zurück, Aufeinanderzu und Voneinanderweg und vor allem das mädchenhaft Tändelnde, das selbstgenießerisch Kreiselnde der Tänzerinnen. Daß die Frauen meist Stöckelschuhe tragen und stark geschminkt sind, stört dabei nicht. So ist das eben, wenn eine Elfjährige sich das Frausein vorstellt. Der Vamp aus der Perspektive des Kindes. Auch das gehört zur eigenwilligen Poesie von Anne Teresa de Keersmaeker: Sie zeigt die Frau nicht als Weib, sondern als Mädchen. Und ihr Konzept der Reduktion und Ursprünglichkeit ist vielleicht auch eine Sehnsucht nach den eigenen Anfängen. Tanz auf der Suche, Tanz auf der Flucht.

Kinepolis ist besser als Kino – das größte Lichtspielcenter der Welt. „Es gibt in dieser Stadt einige Leute, die auf das Kinepolis etwa so gut zu sprechen sind wie Freunde von Hauskonzerten auf die Erfindung des Grammophons", erklärt ein Brüsseler Filmkritiker. Seit Ende der achtziger Jahre macht im Stadtzentrum ein Kino nach dem anderen Bankrott. Sie gehören fast schon zum Stadtbild, die verwaisten Lichtspielhäuser, in deren Eingängen sich unter abgerissenen Plakaten und unbeleuchteten Schaukästen Penner häuslich eingerichtet haben, mit Matratzen und Einkaufswagen als Schrankersatz für die Garderobe. Schuld an dem „Kinosterben", darin sind sich fast alle Cineasten einig, sei das Kinepolis, das seit dem 28. September 1988 als „größter Kinokomplex der Welt" die kleinere Konkurrenz verdrängt. Albert Bert, der das Riesenkino gemeinsam mit seiner Schwägerin Rose Claeys besitzt und betreibt, sieht das anders: „Wir haben den Kinobesuch wieder zum Erlebnis gemacht und damit das Kino insgesamt aufgewertet. Davon könnten auch kleinere Häuser profitieren." Seit 1988 sei in der Region die Zahl der Kinogänger um rund zwei Millionen angestiegen.

In Brüssel *geht* man nicht mehr ins Kino, man *fährt*. Ein paar Kilometer außerhalb der Stadt, auf dem Heysel-Gelände der Weltausstellungen von 1935 und 1958, unterhalb des Atomiums drängen sich Autoschlangen auf die riesigen Parkplätze: Kultur-Drive-In bei McCinema. Wie in einem Fastfood-Restaurant gibt es auch hier immer etwas für jeden Geschmack, zumindest für den schnellen Hunger. In vierundzwanzig Sälen, von denen der kleinste immer noch zweihundert Plätze hat, und dem IMAX, einem 3D-Kino mit 600 Quadratmeter großer Leinwand, werden täglich mindestens 25 verschiedene, oft noch wesentlich mehr Filme angeboten. Nicht wenige Besucher gehen ins Kinepolis und entscheiden sich erst bei Ankunft, welchen Film sie sehen wollen.

Der Kino-Palast, weiß, gläsern und kühl, erinnert von außen an ein riesiges Parkhaus. Auffallend ist die große Rotunde, auf der sich die Besucher ameisengleich in die verschiedenen Ebenen des Kino-Kastens schlängeln. Lange Zeit kursierte das Gerücht, man habe das Gebäude tatsächlich als Parkhaus konzipiert, um im Falle eines finanziellen Flops relativ kostengünstig auf eine andere Nutzungsweise umrüsten zu können. Besitzer Bert widerspricht: „Es gibt nichts, was man auf diesem riesigen Messegelände mit seinen zigtausend Parkplätzen weniger braucht als ein Parkhaus." Bert ist vielmehr auf das architektonische Prinzip stolz, daß es in dem ganzen Gebäude keine einzige Treppe gibt – „aus Sicherheitsgründen und um auch Behinderten den Zugang zu erleichtern". 7600 Sitze stehen pro Durchgang zur Verfügung. Rund 3,2 Millionen Besucher kommen pro Jahr, mit steigender Tendenz. Der Altersschwerpunkt liegt zwischen 16 und 30 Jahren.

Kino wie ein Rockkonzert: Auf den Rampen drängeln sich vier Mal pro Tag die Besucher in die komfortablen High-Tech-Säle. Überall Dolby und das von George Lucas entwickelte THX-Sound-System. Der Ton ist laut. Die Leinwände sind groß, eine Absage an die Homevideo-Muffigkeit der „Crackerbox theaters". Sogar die Snacks sind hier irgendwie schicker.

Kino als Party: Angegliedert ist deshalb eine Art Vergnügungspark mit Restaurants, Kneipen, Jahrmarktsattraktionen, Boutiquen. Man läuft herum, kauft ein, geht Essen, vom Hamburger-Imbiß bis zum feineren Italiener. Man trifft Bekannte oder lernt sich kennen. Gestylt oder locker, trendy oder traditionell. Auf dem Gelände von „Le Village" ist mehr los als in mancher Disco.

Kino als Familienausflug: Tagsüber stehen in dem „Bruparck" auch das „Oceadium" mit Sauna, Wellenbad, Whirlpool und Rutschbahn zur Verfügung. Spielplätze beschäftigen die ganz Kleinen. Und wer will, kann die Kino-Visite gleich mit einem Besuch in dem legolandartigen „Mini-Europa" oder dem abgetakelten *Atomium* verbinden – Amüsement in der Sammel-Packung.

148 Mitarbeiter sorgen allein in Kinepolis für einen reibungslosen Ablauf. Die computergedruckten Tickets gibt es in einem Empfangsgebäude gleich neben den Parkplätzen. Die hochmodernen computergesteuerten Projektionsräume versorgen jeweils zwölf Kinos gleichzeitig. Technik ist Trumpf: Und so wie mancher Hi-Fi-Fan weniger die Musik als den Sound hört, zählt

hier die (Präsentations-)Form mehr als der Film. Im Programm dominiert Amerikanisches. Eine Bastion für den europäischen Film will Kinepolis nicht sein. „Natürlich bedienen wir zuerst die amerikanischen Verleihe", sagt der Theaterleiter Marc de Cleene, „wir wollen doch so rentabel wie möglich sein."

Damals, als die Idee ausgebrütet wurde, grassierte in den Kinos von New York bis Tokio Publikumsschwund. Skeptiker sagten den Investoren die große Pleite voraus. Statt dessen verbucht der Brüsseler Kino-Koloß einen Jahresumsatz von rund 500 Millionen Mark. Und heute ist Kinepolis zwar immer noch das größte Kinocenter der Welt – sogar noch vor dem Cineplex Odeon in Los Angeles Universal City –, aber längst nicht mehr das einzige seiner Art.

Brüssel ist stolz auf jeden Superlativ. Und daß dieser ultimative „Supermarkt der Leinwandträume" die gesamte Kinolandschaft der Hauptstadt austrocknet, daß allmählich die rund sechzig kleineren Kinos verschwinden, ist den meisten Besuchern herzlich egal. Kinepolis absorbiert 65 Prozent des gesamten Brüsseler Kinomarktes, monieren Cineasten mit sorgenzerfurchter Stirn. Albert Bert bestätigt zwar die Zahl, aber den daraus abgeleiteten Vorwurf kann er schon lange nicht mehr hören. „In Paris gibt es kein Kinepolis und viele kleine Kinos machen trotzdem zu. Die Probleme sind viel komplizierter. Zu einem großen Teil haben sie auch mit den zu schnell steigenden Mieten zu tun. Aber entscheidend ist, daß ein Kino etwas Besonderes bieten muß, eine unverwechselbare Identität braucht. Gerade die kleinen Häuser haben da Nachholbedarf, aber auch enorme Möglichkeiten."

Kinepolis braucht sich um seine Identität vorerst keine Sorgen zu machen. „Wollen wir ins Kino?", fragt ein Junge in einem Café an der Grand Place seinen Freund: „Keine Lust, geh'n wir lieber ins Kinepolis."

Adresse: Eeuwjeestin 20, Tel.: 4 78 04 50

Kneipenkultur – wo Magritte Schach spielte. In einer Hinsicht ist Brüssel schon längst europäische Hauptstadt: als Kneipen-Metropole. Ihre „Cafés" – was in Belgien nichts mit Kaffee und Kuchen, sondern eher mit Bier und Käse zu tun hat – sind ziemlich konkurrenzlos. Auch hier kommt der Stadt ihre charmante Schlamperei zugute. Denn was das „Einstein" in Berlin oder das „Schumanns" in München erst mühsam an nostalgischer, origineller Atmosphäre kreieren mußte, ist in Brüssel einfach noch da, weil nie etwas verändert wurde. Das „Cirio" neben der Börse wurde 1886 gebaut, seitdem scheinen nicht einmal die Bierhumpen ausgewechselt worden zu sein. Aus versilberten Pokalen trinkt man ein fast zähflüssiges, schwarzes Starkbier. Auch im „Greenwich", wo René Magritte Schach zu spielen pflegte, sind die Wände so braun wie die Finger der Kettenraucher, die hier ihr Geuze trinken. Das nach einem höchst komplizierten Verfahren gebraute und wie ein Champagner aus verschiedenen Jahrgängen zusammengemischte, stark säuerliche Bier ist auch die Spezialität im „La Becasse", das an eine Frankfurter Äbbelwoi-Kneipe erinnert (sogar das hausgemachte Lambic-Bier gibt es hier aus Steingut-Bembeln). Wie ein kleines Art Deco-Museum wirkt das „Hotel Espérance". Die innenarchitektonische Pretiose, in der seit den dreißiger Jahren nur die Aschenbecher erneuert wurden, fungierte lange Zeit als Bordell. Noch heute sieht man neben dem Tresen den Aufgang zu den Zimmern des angegliederten Stundenhotels.

Art Nouveau prägt das Interieur des „Ultieme Hallucinatie", in dem man auf der Zugwaggon-Bestuhlung von Henri van de Velde sitzt. Ebenfalls im Jugendstil wurde das „Falstaff" an der Börse eingerichtet, das vor allem im Sommer zum Treffpunkt wird, wenn man unter einer Markise im Freien sitzen kann. Weitgehend unberührt vom zwanzigsten Jahrhundert erscheint die Literaten-Kneipe „La Fleur Papier Doré", in der vergilbte Manuskripte und Gedichte über die Wirtin an der Wand kleben und das Plumpsklo nur über den Hof zu erreichen ist. Um die Place Chatelain herum gibt es auch modern gestylte Szene-Treffs à la Café Costes in Paris, aber wirklich sehenswert und unverwechselbar sind in Brüssel die alten Kneipen, die als gastronomische Antiquitäten längst museumswürdig wären. Berühmtestes Beispiel: „La Mort Subite". Dieses schlauchförmige Etablissement hinter der Galerie Saint Hubert war und ist die Stammkneipe von *Maurice Bejart,* der sogar eine Choreographie und ein Buch nach dem Café benannt hat. „Die Wände werden hier alle dreißig Jahre neu gestrichen", erklärt eine Bedienung stolz die Tatsache, daß dort statt dem in den anderen Kaschemmen üblichen Tabakbraun ein dunkler Elfenbeinton vorherrscht.

Adressen: Cirio (18 Rue de la Bourse, Tel.: 5 12 13 95); La Becasse (11 Rue Tabora, Tel.: 5 11 00 06); Greenwich (7 Rue Chartreux, Tel.: 5 11 41 67); A La Mort Subite (5 Rue Montagne des Herbes Potagères, Tel: 5 13 13 18); L'Archiduc (6 Dansaertstraat, Tel.: 5 12 06 52); La Fleur en Papier Doré (55 Cellebroerstraat, Tel.: 5 11 16 59); Ultieme Hallucinatie (316 Koningstraat, Tel.: 2 17 06 14), Falstaff (17–25 Henri Maus Straat, Tel.: 5 11 98 77)

Im Kongomuseum – oben die Weißen, unten die Schwarzen.
Im hellsten Goldglanz erstrahlt der athletisch gemeißelte, hochgewachsene Körper eines Europäers. Gönnerhaft legt er einem gedrungenen Afrikaner die Hand auf den Kopf. Der Schwarze schaut ehrfürchtig zu dem Weißen empor. Auf der Marmorstele ist zu lesen „Belgien bringt die Sicherheit". Die Skulpturen-Serie in der großen Rotunde des „Musée Royal de l'Afrique Centrale" (Koninklijk Museum voor Midden-Afrika) ist aufschlußreich. Das bildhauerische Werk eines gewissen A. Matton illustriert hier eine ganze Reihe von Errungenschaften, die der Kongo den großmütigen belgischen Kolonialherren „verdankt". Belgien bringt da unter anderem auch die „Zivilsation" oder ganz einfach „das Wohlbefinden". Unter diesen an Marienfiguren erinnernden Arbeiten ist eine zweite Serie installiert: diesmal in dunkler Bronze. Grob modelliert hockt da ein dumpf brütender Stammeschef, ein Schwarzer, der ein Feuer entzündet oder ein schnitzender Afrikaner. Das Weltbild ist klar: oben – in Gold – die herrschaftlichen Weißen, deutlich darunter, aus gröberem Material gefertigt, die primatenhaften Wilden.

Das Afrika-Museum in dem Brüsseler Vorort Tervuren ist in

vielerlei Hinsicht bemerkenswert: als umfassende Sammlung zentralafrikanischer Kunst, vor allem wunderschöner Holzmasken, als botanisch-zoologisch instruktive Präsentation afrikanischer Flora und Fauna und als Dokumentation der Eroberungsgeschichte des Kongobeckens. Am eindringlichsten aber ist es als Zeichen, wie unreflektiert die Kolonialpolitik der Belgier in Zentralafrika noch bis heute behandelt wird.

Die käufliche Eroberung des Kongos war Belgiens größter Coup und die wichtigste Quelle seines Reichtums, der das Land unter die zehn wohlhabendsten Nationen der Welt einreihte. Die Herrschaft über ein Gebiet, das zirka achtzig Mal größer ist als Belgien selbst, empfinden viele noch heute als „goldenes Zeitalter". In Tervuren wird diese Einstellung seit den fünfziger Jahren unverändert konserviert – musealer Zeitgeist in der Vitrine.

Als Leopold II. 1865 den Thron bestieg, träumte er schon lange von Kolonien in den Tropen. Der Staat freilich war davon nicht zu überzeugen. Von solchen Widerständen eher beflügelt als gebremst, beauftragte Leopold im Alleingang und mit Geld aus dem königlichen Privatvermögen Ende der siebziger Jahre den englischen Afrika-Forscher Morton Stanley, die wirtschaftlichen Möglichkeiten des Kongoflusses zu erforschen und den Häuptlingen so viel Land wie möglich abzukaufen. Mitte der achtziger Jahre schon gehörte dem König der gesamte Großraum um den Kongo. Mit dem Anbau von Kautschuk, Baumwolle und Erdnüssen, der Gewinnung von Palmöl und Elfenbein und dem Abbau von Bodenschätzen begann nicht nur das große Geschäft, sondern auch die bekannte Ausbeutung der Eingeborenen.

Die gefürchtete Söldnertruppe „Force Publique" sorgte für Disziplin, indem sie Arbeitsunwilligen – oder einfach Überforderten – die Hände abschlug oder sie zur Abschreckung umbrachte. Chronisten berichten von Hunderttausenden, die so mißhandelt, krank oder verhungert starben. „Herrschen, um zu dienen; Afrika dienen, heißt, es zu zivilisieren", das war noch Mitte des zwanzigsten Jahrhunderts das offizielle Motto des damaligen Generalgouverneurs in Belgisch-Kongo, Pierre Ryckmans.

In Brüssel sorgte König Leopold II., der den Kongo in seinem Leben nie gesehen hat, Ende des neunzehnten Jahrhunderts bei der Bevölkerung für gute Stimmung mit einem Architekturprogramm, das der belgischen Kapitale durch Prachtstraßen und repräsentative Bauvorhaben ungeahnten Glanz verlieh. 1898 fand in Tervuren im Palais des Colonies die „Internationale Brüsseler Ausstellung" statt. Hauptsehenswürdigkeit war die Abteilung Kongo. Man hatte eigens einen afrikanischen Stamm nach Brüssel gebracht, der tagsüber tanzen und nachts in Strohhütten schlafen mußte. Sechs Afrikaner starben an den Folgen der ungewohnten Kälte.

Den Bau des heutigen Museums in Tervuren durch den französischen Architekten Charles Girault konnte Leopold II. zwar noch initiieren, seine Eröffnung im Jahre 1910 aber erlebte er nicht mehr. Die Kritik an den „Kongo-Greuel" nahm zu, eine internationale Untersuchungskommission wurde eingesetzt. Sogar Mark Twain meldete sich zu Wort: „Das Königsschloß in Brüssel ist seit fünfzehn Jahren die Höhle einer wilden Bestie, die jedes Jahr aus Gewinnsucht eine halbe Million hilfloser Eingeborener verstümmeln, ermorden oder verhungern läßt." 1908, ein Jahr vor seinem Tod, verkaufte Leopold II. seine Besitzungen an den belgischen Staat. Ein zweites, nicht minder profitables Kapitel der Kolonialgeschichte begann. Die Menschenrechte jedoch schienen bei allem wirtschaftlichen Pragmatismus besser gewahrt. Nicht wenigen galt Belgien bald als „vorbildliche Kolonialmacht". Verglichen mit den Grausamkeiten zuvor, erschien die strikte, aber weitgehend gewaltlose Apartheid offenbar geradezu humanistisch.

Doch all das, die blutigen Unruhen der fünfziger Jahre, die Wirrnisse und Kämpfe vor und nach der Unabhängigkeit 1960, der Putsch Mobutus und sein korruptes Regime, das dem Land Chaos und Armut und dem Herrscher ein Milliardenvermögen bescherte – all das ist an dem Zentralafrika-Museum in Tervuren offenbar spurlos vorübergegangen. In dem idyllischen Park, der den Besucher wie ein Mini-Versailles bei schönem Wetter zum Promenieren einlädt, liegt das schloßartige Anwesen wie ein Relikt aus einer glanzvollen Zeit. Innen streifen Schulklassen und Familien durch die rund zwanzig Räume, vorbei an Schautafeln, die stolz die Bodenschätze und Früchte des Landes präsentieren. Die Zahlen und Statistiken seiner Produktivität sind längst veraltet. Aus den Vitrinen riecht es nach Formalin, und die ausgestopften Tiere beginnen zu zerfallen. Doch unzeitgemäß wie es ist, wird dieses Museum zum unverfälschten Dokument, zum Mahnmal einer keineswegs besonders belgischen Geisteshaltung, die Minderwertigkeitskomplexe durch Überlegenheitsgebärden kompensiert. Das typisch Belgische daran ist nur, daß man alles so läßt. On s'arrange, das kann auch heißen: man verdrängt. Eine intellektuelle Auseinandersetzung oder wenigstens eine kritische öffentliche Debatte über die Kolonialvergangenheit hat hier – im Gegensatz zu Ländern wie Frankreich oder England – bis heute nicht stattgefunden.

„Wenn die mir nur nicht meinen schönen Kongo versauen", soll Leopold II. gesagt haben, nachdem er „seinen" Kongo an den belgischen Staat verkauft hatte. Mit dem Afrika-Museum wär' er wohl zufrieden: Die Skulpturen der Weißen stehen immer noch deutlich höher als die Plastiken der Schwarzen.

Adresse: 13 Leuvensesteenweg (geöffnet täglich von 9–17.30 Uhr, vom 16.10.–15.3. von 10–16.30 Uhr)

König Balduin, Boudewijn oder Baudouin. „Die Könige sind nur Sklaven ihres Standes, dem eigenen Herzen dürfen sie nicht folgen", läßt Schiller die verbitterte Königin Elizabeth in seiner „Maria Stuart" stoßseufzen. Der belgische König Baudouin I. indes zeigte im April 1987, wie man seinem Herzen folgen und gleichzeitig die Herzen des Volkes erobern kann: „Aus Gewissensgründen" verweigerte er damals die Unterzeichnung eines vom Parlament schon verabschiedeten Gesetzes zur Lockerung des seit 1867 geltenden totalen Abtreibungsverbots. Um einen Verfassungsskandal der parlamentarischen Demokratie zu vermeiden, erklärte der strenggläubige Katholik sich selbst für „amtsunfähig", trat zurück, um nach zwei Tagen – den umstrittenen Paragraphen hatte nun notgedrungen das Parlament selbst gegengezeichnet – wieder feierlich inthronisiert zu werden. Ein typisch belgischer Kompromiß, ein Meisterstück in der landestypischen Kunst des „On s'arrange".

Der Beliebtheit des Monarchen aus dem Hause Sachsen-Coburg freilich tat das keinen Abbruch. Im Gegenteil: Man freute sich über das Funktionieren der „wahren Demokratie" und lobte die Bescheidenheit und Integrität des Königs. 1990 erfuhr die Popularitätskurve des Monarchen ihren vorläufigen Höhepunkt. Die sogenannten „Königsfeiern" vernetzten gleich drei Jubiläen zum Dauerfestakt: den sechzigsten Geburtstag des am 7. September 1930 geborenen Baudouin, das vierzigste Regierungsjahr des am 17. Juli 1951 vereidigten Königs und den dreißigsten Hochzeitstag seiner Ehe mit der Spanierin Dona Fabiola de Mora y Aragon. Eine Monarchen-Manie packte die Stadt: Ausstellungen widmeten sich der belgischen Geschichte und dem Königsschatz, Galakonzerte, Kino- und Tanzfestivals feierten das hohe Paar, vor Volksfesten auf der *Grand Place* schmückten die Belgier ihre Fenster mit der schwarz-golden-roten Trikolore, Zeitschriften edierten mehrteilige Sonderausgaben und zu royalen Ehren soll sich sogar das größte Feuerwerk in der Geschichte des Landes über den Himmel der Hauptstadt ergossen haben. Brüssel leuchtete.

Doch die nahezu völlig einhellige Begeisterung für den asketischen, fast zerbrechlich anmutenden Monarchen ist in Brüssel keine jubiläumsbedingte Ausnahme. Auch im Alltag erweist man ihm gerne und auf lustvoll anachronistische Weise die Ehre.

Das belgische Königspaar beehrt von Zeit zu Zeit kulturelle Veranstaltungen mit seiner Anwesenheit. Ganz gleich, ob im Théâtre Royal de la Monnaie – wo die Königsloge ganz besondere theatralische Qualitäten offeriert: man sieht fast nichts, aber wird von allen gesehen – oder im Palais des Beaux Arts, wo ein ausziehbares Eisenportal über dem königlichen Privateingang den hohen Besuch schon Stunden vorher annonciert, sobald die Monarchen auftreten, erhebt sich das Publikum ehrfürchtig von den Plätzen, um lange und herzlich zu applaudieren. Auch nach anderen öffentlichen Veranstaltungen stehen regelmäßig Menschentrauben Spalier, wenn das royale Paar samt Entourage seine graue Mercedes-Flotte besteigt. Daran wäre grundsätzlich nichts Ungewöhnliches. Auch in England und Holland erregen die Monarchen vielfach mehr Aufsehen als Popstars. Bemerkenswert aber ist die Einhelligkeit dieser förmlichen Reverenz. Vom betagten Aristokraten im Smoking bis zum Studenten in Jeans – oder umgekehrt – beteiligt sich jeder begeistert an dem Ritual. Und so weit der Blick auch schweift, man findet keinen, der sitzen bliebe oder bockig das Händeklatschen verweigerte. Selbst in Gesprächen unter vier Augen fällt kaum ein schlechtes Wort über den König.

Besonders verwundert dies in Belgien, das für seine lässige Liberalität ebenso berühmt ist wie für seine Zerstrittenheit. Obrigkeitshörigkeit erwartet man hier als letztes. Was steckt dahinter, wenn nicht die neue Sehnsucht nach Monarchie? Je dezentraler und schwächer das in französische, flämische und deutsche Regionen zergliederte Land ist, desto beliebter scheint das Königspaar zu werden. Der König – der alle drei Landessprachen beherrscht und den man je nach Zungenschlag Boudouin, Boudewijn oder Balduin nennen darf – fungiert als Integrationsfigur, die die sprachlichen und politischen Widersprüche überbrückt. Mitunter auch sehr praktisch: Bei dem Prozeß der Regierungsbildung etwa – zuletzt im Rahmen der großen Regierungskrise 1991/92 – zog der König aus dem Hintergrund wirkungsvoll die Fäden. Gegenüber einem aufgeblasenen politischen Apparat bleibt er im Alltagsgeschäft jedoch weitgehend unbeteiligt. Gleichwohl ist der Monarch für immer mehr Menschen staatstragende Leitfigur und nicht nur Klatschspalten- oder Society-Idol.

Mit bedenklichem Führerkult hat die belgische Königsverehrung nichts zu tun. Der freundliche, sanfte Monarch ist nicht beliebt, weil er so entschlossen handelt, sondern weil er – im Sprachenstreit konsequent neutral – als eine Art kleinster gemeinsamer Nenner so etwas wie Einheit zumindest suggeriert. „Er ist die einzige Stabilität, die wir haben", erklärt ein „sonst überhaupt nicht königsgesinnter" Flame.

Dabei war Baudouin I. keineswegs von Anfang an unangefochten. Als er 1951 die Regierungsgeschäfte von seinem durch den Vorwurf der Kollaboration mit den Nazis zum Abdanken gezwungenen Vater übernahm, galt der Zwanzigjährige als blasser, für das verantwortungsvolle Amt wohl zu schwacher Mann. Vor allem in dem Abnabelungsprozeß der Kongo-Kolonie wurde er oft kritisiert. Doch sein ruhiger, unaufgeregter, bescheidener Lebens- und Regierungsstil gewann in den siebziger Jahren immer mehr Freunde. In das Bild vom dezenten Regenten paßt es auch, daß der König nicht in dem großen Stadtpalast, sondern am liebsten zurückgezogen in dem vergleichsweise kleinen Schloß Laeken lebt. Wenn dort einmal im Jahr die labyrinthisch sich ausdehnenden königlichen Gewächshäuser für ein paar Tage dem Publikum geöffnet werden, stehen Brüsseler regelmäßig kilometerlang Schlange. Und man darf sicher sein, daß die große Anziehungskraft weniger botanischen als monarchischen Reizen gilt.

Sorgen macht sich Brüssel immer wieder um die seit langem angeschlagene Gesundheit Baudouins. Wenn der Monarch sich wieder einmal im Krankenhaus befindet, eröffnen die Abendnachrichten regelmäßig mit einem ausführlichen Ärztebulletin, erst dann geht man zur Tagesordnung der Weltnachrichten über. Ein beliebtes Gesprächsthema ist auch die Nachfolgefrage. Da das Ehepaar kinderlos blieb, gibt es keinen direkten Thronfolger. Seit Mitte der achtziger Jahre wird Baudouins Neffe, Prinz Philippe, auf das Amt vorbereitet. Doch in der Bevölkerung traut dem als „Yuppie" verschrienen jungen Mann kaum jemand die Aufgabe zu. Eine Zeitlang kursierten auch Gerüchte, daß die Erbfolgeregelung zugunsten weiblicher Nachkommen geändert werde, um so eine Nichte des Königs ins Spiel zu bringen. Doch vorerst hält sich gegen rationale Einwände das Vertrauen auf die Stabilität und Kontinuität einer Monarchie Baudouins.

Der zurückhaltende Mann mit dem faltenzerfurchten und doch alterslosen Gesicht vermittelt vielen Landsleuten erst das Gefühl einer nationalen Identität. In dem liberalen Konservatismus und dem pragmatischen Katholizismus dieses Königs, in seinem extremen Harmoniebedürfnis spiegelt sich etwas, das man am Ende vielleicht wirklich die Volksseele der Belgier nennen darf. Und noch eine andere Sehnsucht stillt der vornehme

Monarch: Er verkörpert die Größe und Grazie des Königsreichs, also eine reichere, repräsentativere Vergangenheit – das neunzehnte Jahrhundert mit seinem kolonialen Wohlstand und kulturellen Glanz. Der König als lebende Kompensation nationaler Minderwertigkeitskomplexe? Baudouin I. ist nicht zuletzt eine Fata Morgana auf der Suche nach Belgiens verlorener Zeit.

Kriminalität hat Konjunktur. Der spanische Taxifahrer findet seinen Konjunkturaufschwung selbst makaber: „In letzter Zeit geht es uns spürbar besser, weil immer mehr Menschen sich nicht mehr in die U-Bahn trauen", erzählt er auf einer Fahrt vom Brüsseler Flughafen in die Stadt. „Die Überfälle in der Metro nehmen wirklich schlimme Formen an." Kürzlich erst habe er ein junges Mädchen gefahren, das innerhalb von einer Woche zweimal am hellichten Tag überfallen worden sei. Das erste Mal habe sie noch weglaufen können, beim zweiten Mal nicht mehr. „Die nimmt keine öffentlichen Verkehrsmittel mehr. Aber mittlerweile ist man ja in Brüssel nirgendwo mehr sicher. Ich habe das Gefühl, daß die Kriminalität hier von Tag zu Tag schlimmer wird."

Das Gefühl des Taxifahrers läßt sich statistisch belegen: Vor allem die Straßenkriminalität nimmt in der belgischen Metropole drastisch zu. Die Zeiten, als Brüssel ein etwas verschlafener, aber sicherer Platz war, scheinen vorbei. 1991 wurden 51 Prozent mehr Raubüberfälle registriert als im Vorjahr – und da gab es schon mehr als 8000 offizielle Fälle von Straßenkriminalität. Besorgniserregend aber ist vor allem, daß 43 Prozent der gesamten Verbrechen des Landes in der Hauptstadt begangen werden, in Antwerpen dagegen, das nur knapp vierhunderttausend Einwohner weniger hat, lokalisiert man nur sieben Prozent. Obendrein haben zwei von drei registrierten Verbrechen keine juristischen Konsequenzen. Immer mehr Sorgen macht Bewohnern und Besuchern das Verhalten der Polizei, die bei der Verbrechensaufklärung und Verbrecherverfolgung auf groteske Weise versagt – oder resigniert.

Doris H., nationale Expertin bei der EG-Kommission, verläßt an einem Wochentag um 17 Uhr das Konferenz-Zentrum „Borchette", um in ein nahegelegenes Bürogebäude zu gelangen. In einer Grünanlage wird sie von drei Arabern überfallen, geschlagen, mit einem Klappmesser bedroht. Durch ihre Schreie werden zwei Frauen, die mit ihren Hunden spazierengehen, aufmerksam. Die Hunde laufen bellend auf die drei Täter zu, die daraufhin wegrennen. Eine richtige Flucht halten sie nicht für nötig. Auf einem Hügel bleiben sie in Sichtweite bei einer Gruppe von zehn Jugendlichen stehen.

Eine der beiden Hundebesitzerinnen alarmiert per Notrufnummer die Polizei, die zu kommen verspricht, man solle in dem Park warten. Als nach einer guten halben Stunde kein Polizist da ist, rufen die Frauen noch einmal an. Ja, beruhigt der Beamte, man sei schon so gut wie unterwegs. Mittlerweile sind die drei Araber verschwunden. Nach anderthalb Stunden vergeblichen Wartens gehen die drei Frauen nach Hause.

Am nächsten Tag meldet sich Doris H. bei der Polizeistelle in der Nähe ihrer Wohnung, um Anzeige zu erstatten. „Diese Dienststelle ist nicht zuständig", wird ihr beschieden, sie solle in den Bezirk gehen, in dem der Überfall geschah. Nach zweieinhalb Stunden Wartezeit verläßt die Deutsche das Polizeirevier. Eine Anzeige hat man widerwillig und nur „pro forma" aufgenommen. „Dabei wird nichts herauskommen, so etwas passiert hier jeden Tag mehrmals", erklärt man ihr zum Abschied.

Das Beispiel ist kein Einzelfall. Es wird vermutet, daß die Polizei teilweise auf inoffizielle Instruktionen hin „leichtere" Raubüberfälle gezielt ignoriert und den Betroffenen von einer Anzeige abrät. „Man will die Kriminalstatistik kosmetisieren", gesteht ein Gesetzeshüter. Manche Belgier sind dazu übergegangen, die Polizei gar nicht erst zu rufen: „Die hilft ohnehin nicht. Und wenn sie kommt, dann ist es meistens zu spät."

Eine deutsche Sekretärin geht am Nachmittag mit ihrer Freundin spazieren, plötzlich schlägt eine Gruppe Jugendlicher auf die Frauen ein, entreißt ihnen die Handtaschen und schleift die Deutsche mit dem Kopf über den Kiesboden. Die Opfer rufen die Polizei, die auch tatsächlich eintrifft: nach den berühmten anderthalb Stunden. Von den Tätern fehlt natürlich jede Spur.

Besonders für Frauen wird die Stadt auch tagsüber und selbst in belebten Gebieten wie dem Bürodistrikt der EG immer unsicherer. Nach Einbruch der Dunkelheit gilt das Benutzen der U-Bahn mittlerweile als ähnlich fahrlässig wie in amerikanischen Großstädten. Eine Kollegin steigt nach einem Kinobesuch um zirka 23 Uhr am Rond Point Schumann aus der U-Bahn. Als sie zwei Frauen hinter sich herlaufen sieht, fühlt sie sich durch die Begleitung sicherer und ist beruhigt. Auf der Treppe jedoch schlagen die beiden als „Frauen" verkleideten Männer auf sie ein, entreißen ihr Tasche und Mantel und lassen das Opfer bewußtlos liegen.

Die Brüsseler Polizei ist überfordert – und das nicht nur bei Raubüberfällen. Eine Italienerin wird in der Nacht gegen vier Uhr in dem Stadtteil Ixelles von einem Auto gestreift, der Fahrer gerät ins Schleudern und prallt gegen einen Baum. Die indirekt Beteiligte spricht mit dem offenbar schwerverletzten Fahrer und ruft die Polizei, mit der Bitte, sofort einen Krankenwagen zu bestellen, der Zustand sei bedrohlich. Nach fünfzig Minuten kommt der erste Polizeiwagen. Der Verletzte ist mittlerweile tot. Todesursache: wahrscheinlich ein unbehandelter Schock.

Vier Fälle, Beispiele aus der Statistik eines Monats. Mitte der achtziger Jahre sollen zwei Kinder bei einer Gasexplosion ums Leben gekommen sein. Nachbarn hatten den Gasgeruch zwar rechtzeitig wahrgenommen, doch das Haus lag genau zwischen den Brüsseler Gemeindegrenzen Etterbeek und Ixelles. Auf Anfrage wußte von den Verantwortlichen keiner, wer für die defekte Gasleitung zuständig war. Das Beispiel verdeutlicht eine der Hauptursachen für das Chaos: Die Agglomeration Brüssel gliedert sich in 19 unabhängige Gemeinden, die alle über eigene Bürgermeister, Feuerwehr und Polizeipräsidien verfügen. Eine koordinierte Kooperation zwischen den Stadtteilen findet nicht statt.

Die Anekdote vom Polizisten, der auf der einen Straßenseite

unbekümmert weiter patroulliert, während auf der anderen Seite
– für die er nicht mehr zuständig ist – jemand überfallen wird,
wirkt so unrealistisch nicht mehr. Hinzu kommt ein chronischer
Personalmangel und eine lächerliche Unterbezahlung der Polizisten. Mit 1800 Mark monatlich müssen teilweise selbst Familienväter nach sieben Berufsjahren auskommen.

La Reine – die Monarchin gewinnt immer. Die Damen tragen Hut, wie bei einem Pferderennen. Über die Kieswege des golfplatzgrünen Gartens der Chapelle Reine Elisabeth knirschen die schweren Limousinen der Ehrengäste. Es gibt nur Ehrengäste bei diesem Gipfeltreffen des Brüsseler Gesellschaftslebens, einmal jährlich im Frühsommer, wenn die Königin höchstselbst die Preise den Laureaten des Reine-Elisabeth-Musikwettbewerbes überreicht. Wer nicht geladen ist, wird das Innere des von Sicherheitskräften wie militärisches Sperrgebiet abgezirkelten Musentempels nie erschauen. Der Premierminister, prominente Politiker, Wirtschaftsmagnaten, die wichtigsten Botschafter, der Operndirektor und Belgiens vornehmste Künstler versammeln sich in dem weißen Zelt. Plötzlich erhebt man sich: Die Königin tritt herbei, gemessenen Schritts, geführt von Comte de Lanoit, dessen Familie seit Generationen zum engsten Kreis des Königshauses gehört. Der hagere Graf überreicht einen weißen Lilienstrauß und beginnt mit der Festrede. Ihre Majestät sitzt auf der Bühne, lauscht sanft lächelnd und fächelt sich mit einem spanischen Fächer – die iberische Herkunft mehr betonend als andeutend – Luft in das bleiche, leicht geneigte Antlitz. Fabiola, so ihr treffend fragiler Name, blickt huldvoll. Und alle blicken zu Fabiola. Keiner im Publikum beachtet den schneidigen Redner, keiner guckt zu den aufgeregten Sängern, auch nicht, als ihnen später die Preise und Urkunden verliehen werden. Das wichtigste Gesprächsthema: Was die Königin den Laureaten wohl ins Ohr geflüstert hat, und welchen Preisträger sie selbst am meisten in ihr royales Herz geschlossen hat. Alle, Mächtige und Mäzene, reden über die Königin. Und als die Königin geht, gehen alle. Der eigentliche Gewinner des Wettbewerbs ist jedes Jahr aufs neue: la Reine.

Manneken Pis – ein Monument mit zwielichtiger Vergangenheit. Mannecken Pis verfügt über das prominenteste Geschlechtsorgan der Welt. Ganz gleich ob in Frankreich, England, Amerika oder Japan – die Bronzefigur mit dem unappetitlichen Namen ist bekannt: sei es als Wahrzeichen Brüssels oder einfach als hundertfach replizierte Brunnenzier auf heimischen Wasserspielen. Und in Erinnerung bleibt nie das Gesicht des Knaben, sondern immer sein ordinär hervorgestreckter Unterleib, aus dessen präpubertär entwickelter Männlichkeit der Bronzebub seit vier Jahrhunderten unablässig Wasser läßt.

Aber wie es so ist mit Berühmtheiten, wenn man ihnen persönlich begegnet, wird man meistens enttäuscht. An der nur sechzig Zentimeter hohen Skulptur, die an der Ecke Rue de l'Etuve und Rue du Chêne hinter einem schmiedeeisernen Gitter von einem Podest aus in ein steinernes Wasserbecken uriniert, würde man glatt vorbeilaufen. Wenn es nicht die auffälligen Touristenmassen gäbe, die in den Sightseeing-Rush-hours zwar den Blick auf das Männchen verstellen, aber immerhin signalisieren, daß da was Sehenswertes sein muß, und wenn es in der von der Grand Place abzweigenden Rue de l'Etuve nicht die zauberhaften Souvenir-Shops gäbe, die in ihren Auslagen all das offerieren, was Ästheten dieser Welt ersehnen: elfenbeinfarbene Plastikeierbecher etwa mit einem neckisch verzierten Konterfei des Pissenden, wie man in Anlehnung an seinen Nachnamen ja wohl wird sagen dürfen. Oder Schlüsselanhänger und Bierkrüge, Fingerhüte und Feuerzeuge, Thermometer und Aschenbecher, jeweils das Motiv des Wasserspenders in zwei- oder dreidimensionaler Weise variierend. Überflüssig zu betonen, daß man im Land der Pralinen Manneken Pis natürlich auch überlebensgroß in Schokolade (weiß und braun) gegossen anbietet. Zu den besonders scherzhaften Accessoires im Devotionalien-Sortiment freilich gehört der Korkenzieher, bei dem das sonst wasserlassende Zipfel-Ventil zur überdimensionierten Stahlspirale sich windet.

Die Heimat des Maskottchens hatte schon im Mittelalter einen frivolen Ruf: Im vierzehnten Jahrhundert befanden sich entlang der Rue de l'Etuve drei Badeanstalten mit einem über Schwimmen und Schrubben weit hinausgehenden Service-Angebot. In diesen Vorläufern neuzeitlicher Sauna-Clubs sprudelte das Wasser aus Brunnenfontänen. Und ein Vorläufer des minderjährigen Manneken Pis war schon damals mit von der Partie.

Heute als „ältester Bürger der Stadt" gefeiert, wurde die Figur 1619 auf Anweisung des Stadtherrn von dem Bildhauer Jérome Duquesnoy als Ersatz für eine ähnliche, schon zwei Jahrhunderte zuvor schriftlich erwähnte Brunnenfigur modelliert. Schnell erlangte die Statue Berühmtheit – eine Skulptur als Skandalon. Auch der etwas salonfähigere Zweitname „Petit Julien" konnte daran kaum etwas ändern. Ausgerechnet ein Bayer ging als erster daran, die exhibitionistische Nacktheit zu zügeln. Anläßlich eines Besuches soll der Kurfürst Max Emanuel, damals Generalstatthalter der Niederlande, eine blau-weiße Tracht überreicht haben. Das Entscheidende aber ließ sich auch dadurch nicht verhüllen: der Wasserhahn lief weiter durch den geöffneten Hosenschlitz.

Diese Besonderheit müssen auch heute noch Couturiers beachten, die für das Manneken schneidern. Nachdem König Ludwig XV. 1747 – als Wiedergutmachung für einen französischen Diebstahlversuch – ein Brokatgewand fertigen ließ und den Beschenkten gar zum Ritter des Ordens des heiligen Ludwigs ernannte, begann ein regelrechter Verkleidungsboom. Von der Fremdenlegionärs-Uniform über den Indianerschmuck bis zum Nikolausmantel: mehr als fünfhundert verschiedene Kostüme wurden seither für die Statue genäht – zu besichtigen in der Maison du Roi an der *Grand Place*.

Da die Funktion als wasserspendende Bordelldekoration wenig schmeichelhaft ist, entstanden im Laufe der Jahre allerlei Legenden über den historischen Hintergrund der Figur. Die gängigsten Varianten: Der erst wenige Monate alte Herzog Gottfried III. sei in der Schlacht von Reinsbeke zur Irritation der Gegner in einem entscheidenden Moment aus seiner Wiege aufgestanden, um sich in der bekannten Pose zu erleichtern.

Oder: Eine Hexe habe einen Jungen erwischt, als der auf ihre Haustreppe urinierte, zur Strafe habe sie ihn in dieser Pose versteinert. Am verbreitetsten aber ist folgende Erklärung: Brüssel sollte im dreizehnten Jahrhundert von Feinden mit einer Lunte in Brand gesetzt werden. Als die Belagerer vor den Toren der Stadt die Zündschnur entflammten, kam ein umherstreunender Junge auf einen rettenden Gedanken: kurz vor der Stadtmauer löschte er pinkelnd die Lunte.

„Alles Ausreden", sagt ein Verkäufer im Souvenirgeschäft. In Wirklichkeit sei das Manneken Pis so beliebt, weil es der belgischen Lust am Dreisten und Derben entspreche. „Man hat es eben gerne ein bißchen schlüpfrig." Und als Beweis seiner These empfiehlt mir der übergewichtige Brüsseler das Janneke Pis im Altstadtviertel Ilot Sacré: Seit 1987 hockt dort das weibliche Gegenstück zu Manneke über einem Brunnen. Aber – mit Verlaub – ihrem Wasserstrahl fehlt es entschieden an Ausstrahlung.

Die Marollen – das Viertel, in dem Breughel wohnte. Es riecht nach Frittenfett, säuerlichem Bier, modernden Mauern. Und es klingt nach Fasching, im Hochsommer. Eine Blaskapelle zieht durch die Straßen. Jeder Schlag auf die große Trommel vibriert in der Magengegend. Trompeten schmettern vorlaute Märsche, ab und zu Jauchzer oder anzügliche Zwischenrufe. Miß Vieux Marolles, eine kräftige Blondine, die sich ein bißchen zu genieren scheint, schreitet mit einer bunten Scherpe geschmückt vor der Kapelle einher, dahinter trotten zwei bunte, vielleicht vier Meter hohe Pappmaché-Puppen.

Der Anlaß zu dem Straßenfest unweit des umtriebigen Flohmarkts ist nicht der Rede wert. Man findet jedes Wochenende einen anderen Grund, ein paar Gläser Geuze über den Durst zu trinken. Diesmal ist es eben die frisch gekürte Miß Marolles. „Wir feiern, weil wir fröhliche Leute sind. Und wir sind fröhlich, weil wir in den Marollen leben", sagt ein Straßenverkäufer und lacht, obwohl er nicht viel zu Lachen hat als Gelegenheitsarbeiter in dem ärmsten und – noch – ursprünglichsten Viertel der Brüsseler Innenstadt. Früher bot er Carricoles, gesottene

Schnecken, feil, heute verkauft er Hot dogs, weil das die Touristen lieber mögen.

„Die Marollen", wie man in Belgien das Viertel nennt, liegen unterhalb des Justizpalastes zwischen der Porte de Hal und der Kirche Notre-Dame de la Chapelle. Seinen Namen verdankt das Quartier dem „Maricollen"-Orden, dessen Schwestern sich im siebzehnten Jahrhundert vor allem „gefallenen Mädchen" annahmen. In dem übervölkerten Elendsviertel hatten sie am meisten zu tun. Prostitution gehörte hier zu den verbreitetsten Einnahmequellen. Im sechzehnten Jahrhundert wurden die Straßen der verruchten Gegend sogar nachts mit Toren, den sogenannten Portes rouges, verbarrikadiert, um zu vermeiden, daß die „filles de joies" ihr Gewerbe noch weiter ausdehnten. An einer dieser Grenzstraßen, an der Rue de la Porte Rouge steht das ziegelrote Treppengiebelhaus, in dem Pieter Breughel der Ältere zwischen 1563 und 1569 lebte und starb.

Ein Ort der Lust und des Leidens, der Ausgestoßenen und Aufsässigen waren die Marollen schon bevor sie ihren Namen erhielten. Ursprünglich befand sich auf dem der Altstadt vorgelagerten Terrain im vierzehnten Jahrhundert eine Station für Leprakranke, die bald in ein Krankenhaus umgewandelt wurde. Später besiedelten Bettler, Tagelöhner und arme Arbeiter das ehemalige Gebiet der Aussätzigen. Schon 1330 kam es hier zu einem ersten – blutig niedergeschlagenen – Aufstand gegen den Adel. Seither galt die verruchte Gegend als Brutstätte der Opposition.

Vor allem im achtzehnten Jahrhundert kam es immer wieder zu Revolten. Die Überbevölkerung wurde zum größten Problem. In einem kleinen Haus an der Hoog Straat zählte man Mitte des Jahrhunderts sechzehn Familien mit insgesamt 56 Personen. Auch die noch heute berüchtigte Trinkfreude der Marolliens belegt eine Statistik aus dieser Zeit: auf hundert Einwohner kam eine Kneipe. Bis 1970 gab es in der Rue Haute sogar noch ein letztes Exemplar der einst verbreiteten „Cafés-Logements", Kneipen mit angegliederten Massen-Schlafsälen, in denen Obdachlose oder Betrunkene für 5 Centimes auf einer Bank oder für 50 Centimes sogar in einem Bett nächtigen konnten. Heute, so berichtet ein Ministerialbeamter, schlafen in dem kleinen Stadtteil Nacht für Nacht rund 700 Menschen unter freiem Himmel. Und doch: Den Charakter eines Slums, mit aggressiver Kriminalität und lebensbedrohlicher Armut haben die Marollen nicht. In den Straßen und Hinterhöfen verströmt selbst die größte Schlampigkeit noch etwas Gemütliches.

Seinen Ruf als „rotes Revier", das den in Brüssel lebenden Karl Marx beim Verfassen seines „Kommunistischen Manifests" inspiriert haben könnte, pflegt das Viertel schon lange. Im neunzehnten Jahrhundert versuchte König Leopold II. das gefürchtete Zentrum des Klassenkampfes und der Agitation einzuschüchtern. Sein Druckmittel war architektonischer Natur: Direkt über dem „Proletarier-Viertel" ließ er auf dem ehemaligen Galgenberg den gigantomanischen *Justizpalast* errichten. Wie eine steinerne Drohgebärde, wie ein Sinnbild juristischen Größenwahns thront der Säulenpalast auch heute noch am Rand der Oberstadt direkt über dem ärmlichen Stadtteil. Justiz nicht als Versuch menschlicher Gerechtigkeit, sondern als drohender Arm des Gesetzes oder besser: als strafende Faust der Macht. Die Marolliens freilich ließen und lassen sich noch heute nicht davon beeindrucken. Renitenz und Unerschrockenheit gehören von jeher zu den Besonderheiten dieses Menschenschlages, der seine Eigenheiten mitten in der Agglomeration Brüssel erhalten hat wie ein Dorf in einer Stadt.

Im Sommer 1989 erklärte die Feuerwehr in den verwinkelten, schmuddeligen Gassen elf Häuser für unbewohnbar und gesundheitsschädlich. Neue, modernere Wohnsilos sollten an gleicher Stelle entstehen. Die Stadtverwaltung verfügte zwar sofort die Ausweisung der 79 Bewohner, unterschätzte aber die Hartnäckigkeit der Marolliens. Nur wenige Stunden nach dem offiziellen Beschluß wurde in dem Viertel um die betroffene Rue de la Samaritaine der Widerstand organisiert. Die Folge: ein wochenlanges „Sleep In". Die Bewohner transportierten Stühle, Schränke, Kochgelegenheiten und Matratzen auf das Kopfsteinpflaster der engen Gasse, spannten Transparente mit Aufschriften wie „Freies Quartier der Samaritaine, Spekulanten geht eures Weges" oder „Brüssel ist nicht zu verkaufen". Man erhob Wegezoll bei Pas-

santen – und wich nicht von der Stelle. Es gehört zur sprichwört-
lichen Liberalität der Brüsseler, daß man in diesen Fällen nicht
einfach „aufräumt", sondern einen Kompromiß findet.

Doch auch wenn die Rue de la Samaritaine nicht zum Spekula-
tionsobjekt wurde, lassen sich Veränderungen in den Marollen
kaum übersehen. Ähnlich wie das Pariser Quartier Marais vor
einigen Jahren beginnt auch dieses Viertel „schick" zu werden.
Immer mehr Touristen strömen jedes Wochenende durch die
idyllischen Sträßchen, um in den Antiquitätenläden zu stöbern
oder einfach die nostalgische Atmosphäre zu genießen. Immer
mehr Boutiquen und Galerien mischen sich in den beiden
Hauptstraßen Rue Haute und Rue Blaes unter die Trödlerläden,
und immer mehr wohlhabende Mieter entscheiden sich in dem
historischen Gemäuer zu leben. „Die verderben hier die Preise",
schimpft ein Wirt. Und Gustave Abeels, Präsident des „Cercle
d'Histoire et d'Archéologie les Marolles", ärgert sich vor allem
über die Beschäftigten der EG: „Die betrachten uns als Zoo, aber
wir sind keine Käuze, auf deren Kosten man sich lustig machen
kann."

Alte Brüsseler sprechen von dem Prozeß der „Sablonisie-
rung". Ähnlich wie die nahegelegene Place du Sablon – heute ein
fashionables und sehr teures Wohn- und Einkaufsviertel – würden auch die Marollen zu einem exklusiven Quartier, in dem für
die ursprünglichen Bewohner kein Platz mehr sei – fürchtet man.
Die fortschrittsskeptische Mentalität der Marolliens ist gespal-
ten: Auf der einen Seite beklagt man Armut und mangelnde öffentliche Hilfe – 1990 erst regte König Baudouin ein Sofortpro-
gramm für fünfeinhalb Millionen Mark an –, auf der anderen
Seite soll alles so bleiben wie es ist. Aber nicht jeder Neubau,
nicht jede Renovierung muß eine Sünde sein. Von der Mehrheit
begrüßt wurde die authentische Restaurierung der früheren Feu-
erwehrkaserne. Das rotweiße Natursteingebäude gehört zu den
architektonischen Anziehungspunkten des Viertels. Vor dem
Verfall bewahrt, ist es heute eine Art Kultur- und Einkaufszentrum mit Kunstgalerien, Geschäften und Wohnungen. Bei
Volksfesten werden meist hier die feierlichen Reden gehalten
und die ersten Flaschen entkorkt.

Direkt gegenüber liegt die Place du Jeu de Balle. Seit vielen Jahrzehnten gibt es hier, auf dem Vieux Marché, einen Flohmarkt. In dem dichten Treiben feilschen an den Wochenenden Touristen und Einheimische um Masken aus Zaire, getragene Kleider, antike Möbel, Hosenknöpfe, Kassetten, Bücher oder alten Wein. Wer früh aufsteht, findet neben Ramsch auch echte Trouvaillen. Gegen Mittag kommt Leben in die den Markt säumenden Straßencafés. Man sonnt sich, trinkt Bier, ißt Pommes frites oder heiße Waffeln.

Breughel-Stimmung herrscht in einigen Cafés und Gaststätten auf der Rue Haute und der Rue Blaes. An derben Holztischen sitzen Männer mit roten Gesichtern, vor sich einen Bierhumpen, Brot und Käse in der Hand. An besonderen Tagen gibt es Riesenportionen von Waterzooi, einen sahnigen Hühnereintopf, grünen Aal, Hasenpfeffer oder den in ungezählten Variationen zubereiteten Witlof, das Brüsseler Wort für Chicorée. Nicht nur die Portionen, auch die Gesichter und die ganze Atmosphäre erinnert dann an die Bilder des „Bauernbreughels", und plötzlich glaubt man in jeder ländlichen Tafelszene des Malers ein Stück Marollen wiederzuerkennen. Es hat schon seine Richtigkeit, daß Pieter Breughel der Ältere hier, in der Kirche Notre-Dame da la Chapelle begraben liegt.

Unbeugsam und traditionsbewußt sind die Marolliens auch in ihrer Sprache. Nur hier wird heute noch das Bruxellois gesprochen, eine vollmundig polternde Mischung aus niederländischen, französischen und spanischen Sprachfetzen. Der Dialekt ist mittlerweile derart selten geworden, daß er fast so verschwörerisch klingt wie Rotwelsch. In Ruhe zu studieren ist er bei manchen Aufführungen des Marionettentheaters *Toone*.

Kein Wunder, daß das Bruxellois im Laufe der Jahrhunderte ausgerechnet in den Marollen entstand: Nirgendwo hätte sich eine so provinzielle und zugleich kosmopolitische, fast esperantohaft internationale Sprache besser entwickeln können. Denn „den Marollien" im ethnischen Sinne gab es wohl nie. Seit je fühlten sich hier Ausländer besonders wohl. Nach der russischen Revolution kamen zahlreiche russische Juden, die zeitweise fast dreißig Prozent der Bevölkerung ausmachten. Während des Zweiten Weltkriegs verhalfen Mönche den von der Wehrmacht Verfolgten durch unterirdische Geheimgänge der Capucijnerkerk zur Flucht. Auch Flamen und Wallonen haben sich hier immer gut verstanden.

Zusammenhalten gilt als heiliges Gesetz in den Marollen.

Heute leben in dem Viertel mehr als fünfzig Prozent Gastarbeiter. Ein Ausländerproblem und Rassismus aber gebe es nicht, sagt der für die Bewahrung der Marollen engagierte Gustave Abeels: „Es leben einfach zu viele Religionen und Rassen hier zusammen." Der Straßenverkäufer formuliert es anders: „Rassismus? – das können wir uns gar nicht leisten."

Neue Musik vor überfüllen Sälen – „Ars Musica". Während in den traditionellen Kult- und Weihestätten Neuer Musik Dramaturgen und Ästhetiker ihre Denkerstirnen in Sorgenfalten legen und verdrossen grübeln, warum die zeitgenössische „Kunst-Musik" immer noch kein wirklich großes Publikum findet, während sich gleichzeitig unverbesserliche Traditionalisten angesichts dieser Misere triumphierend die Hände reiben in der Selbstgewißheit, sie hätten es ja schon immer gewußt, daß die Musik des zwanzigsten Jahrhunderts ein einziger lärmender Irrtum sei, während sich die theoretischen Fronten verhärten und auf Stammtischniveau erstarren, hat in Brüssel das Festival „Ars Musica" seit 1989 ganz andere Probleme: überfüllte Säle.

„Frühling der zeitgenössischen Musik", heißt das Unternehmen im Untertitel. Und dieser ist zugleich auch atmosphärisches Programm. In einem warmen, fröhlichen, eben frühlingshaften Klima soll zeitgenössische Musik hier präsentiert werden. Kein Theorieballast, keine sauertöpfische Attitüde gesellschaftskritischer Berufs-Avantgardisten, sondern Spaß an dem Abenteuer, Unerhörtes zu entdecken – das will dieses Festival vermitteln. Ein lustvoller Ansatz, „der aber keineswegs mit oberflächlicher Popularisierung einhergehen soll", wie Paul Dujardin, der junge Organisator von „Ars Musica", erklärt.

Und kaum zeigt die Neue Musik einmal ein Lächeln auf ihrem sonst so ernsthaften Gesicht, da strömt – zumindest in Brüssel – das Publikum mit einer Neugier und Begeisterung in die Veranstaltungen, als handele es sich um ein Popkonzert.

Dabei wird keineswegs Leichtverdauliches geboten. Im Vordergrund steht die klassische Moderne, von Schönberg über Kagel und Nono bis Henze, Stockhausen oder Edgar Varèse und Charles Ives, ferner Minimalisten wie Steve Reich und John Adams, aber auch so eigenwillige Zeitgenossen wie Elliot Carter oder John Cage stehen immer wieder auf den Programmen.

Einen Schwerpunkt bildet der Komponisten-Nachwuchs. Auch der Jazz gehört selbstverständlich dazu.

Initiiert wurde das Festival von der Französischen Gemeinschaft (Wallonien), der verantwortliche Koordinator Paul Dujardin – seit einiger Zeit auch noch Direktor der Societé Philharmonique – ist jedoch pikanterweise Flame.

Hauptschauplatz der meist von Mitte März bis Mitte April dauernden Konzerte und Rahmenveranstaltungen ist der alte Sendesaal des belgischen Rundfunks in einem Art-deco-Gebäude am Place Flagey. Für ein paar Wochen wird das Auditorium zum Treffpunkt für Musikfans aller Alters- und Gesellschaftsgruppen. Der achtzehnjährige Punk sitzt da neben der achtzigjährigen Baronesse. Zu den glühendsten Fans des Festivals gehört übrigens Brüssels prominenteste Adlige: Baronesse Stoclet, Besitzerin des von Paul Hoffmann gebauten Palais Stoclet, einem Jugendstil-Juwel am Stadtrand. Zu Beginn jedes Festivals gibt die vitale Greisin ein Hauskonzert auf einem von Gustav Klimt gestalteten Flügel – leider nur „im kleinsten Kreise".

Pissoir – die Kirche als Bedürfnisanstalt. „La belle Mara-chaire", Zur schönen Gärtnerin, ist ein sehr gutbürgerliches Restaurant. Beim zweiten Gang passiert es: Noch der Weißweinsauce des zungenzarten Seeteufelfilets nachschmeckend, fällt der Blick des Gastes aus dem Fenster des ersten Stocks auf die gegenüberliegende Kirche St. Catherine, genauer: auf den Rücken eines Mannes, der breitbeinig dicht vor der dunkelgrauen Wand des Gotteshauses steht. Die ruckartig zuckenden Bewegungen in Hüfte und rechtem Arm regen kurzfristig einen ethymologischen Gedankenexkurs an: endlich versteht man, woher der Begriff „Wasser abschlagen" kommt. Doch schnell weicht die wissenschaftliche Verblüffung dem blanken Entsetzen ob solch blasphemischen Verhaltens vor den Augen dinierender Gourmets. Da ist selbst der liberale Freigeist irritiert.

Erst als der sittsame Blick etwas ab- und in der näheren Umgebung umherschweift, wird der scheinbar Schamlose schlagartig rehabilitiert. Geht er doch seiner Natur völlig ordnungsgemäß in einer öffentlichen Bedürfnisanstalt nach. Von einem grünen Blechparavent nur notdürftig und aus der Perspektive des ersten Stocks eben fast gar nicht mehr verhüllt, wurde hier nämlich vor vielen, vielen Jahrzehnten höchst offiziell ein Pissoir installiert, das heißt ein Stück Kirchenmauer zu selbigem erklärt. Zu manchen Tageszeiten herrscht regelrecht Andrang. In einer Reihe stehend – maximal zu dritt – betrachten selbst soignierte Herren dann andächtig erhobenen Hauptes kirchenarchitektonische Details des Mischstils aus Romanik, Gotik und Renaissance, den Strahl stets stracks gegen das Gotteshaus gerichtet.

Belgier können daran nichts Anstößiges finden: „Das ist doch sehr praktisch", sagt ein Gemüsehändler von dem Markt, der zweimal in der Woche direkt um die Ecke stattfindet. „Es ist die einzige Toilette weit und breit hier." Neben dem Wochenmarkt gehört auch der frühere Fischmarkt zu dem direkten Einzugsbereich der Toilette. Heute gibt es zwar keinen Fischmarkt mehr, aber an gleicher Stelle, entlang des Quai aux Briques und des

Quai au Bois à Bruler haben sich einige der besten Brüssler Fischrestaurants und Fischhändler niedergelassen. So mancher Gast mag hier – auf dem Nachhauseweg von unerwartetem Harndrang heimgesucht – die nachts sogar beleuchtete Freilufttoilette als Gottesgeschenk empfunden haben.

In einer Stadt, die eine urinierende Bronzefigur, das *Manneken Pis*, zu ihrem prominentesten Wahrzeichen gemacht hat, darf man einen lockeren Umgang mit dieser Thematik erwarten. Das unverklemmte Verhältnis zwischen geistlichen und körperlichen Bedürfnissen zeigt sich schon in der alten niederländischen Kirchenmalerei. Auf den Architekturbildern eines Jacob de Witte etwa findet man immer wieder Hunde, die gerade ihr Bein heben, vorzugsweise am Chorgestühl oder am Fuß einer tragenden Säule. Und verglichen mit Tieren im Kircheninneren, wirken Menschen an Außenwänden doch geradezu harmlos. Der Gemüsehändler jedenfalls kann in der Lokalisierung des Lokus nichts respektlos Gotteslästerliches erkennen: „Für uns Marktleute ist die Kirche einfach sehr zentral."

Dem Besucher jedoch zeigt die Toilette an der „Heiligen Katharina" zweierlei. Erstens: den grenzenlosen belgischen Pragmatismus, der bei allem Katholizismus selbst vor Kirchen nicht haltmacht. Und zweitens: das Primat sinnlicher Körperlichkeit vor weihevoller Unantastbarkeit. Der Schriftsteller Jean Gyory attestierte den Belgiern „die gesunde Derbheit eines mystischen und zugleich dem Leben zugewandten Volkes, bei dem sich häufig das Erhabene mit dem Ordinären verbindet". Da paßt es, daß das Pissoir nur ein paar Meter entfernt ist von einem Feinschmecker-Tempel, als gelte es zu beweisen, wie dicht Dinieren und Urinieren beieinanderliegen.

Das Katharina-Kirchen-Klo ist weit mehr als eine öffentliche Bedürfnisanstalt. Es ist vielleicht Brüssels neuralgischster Punkt, der Inbegriff des Belgischen: die wollüstige Unzertrennlichkeit von Verzehr und Verdauung, von Schönheit und Schmutz – Geist und Genuß. Der Gemüsehändler freilich sieht alles viel einfacher: „Wahrscheinlich haben die Leute hier schon immer gegen die Kirche gepinkelt, und dann hat man irgendwann einfach eine Toilette daraus gemacht." On s'arrange.

Place des Martyrs – der gemarterte Platz. „Typisch Brüssel, man betreibt keinen Urbanismus, man findet ein ‚arrangement urbanistique'“, schimpft der alte Mann mit dem rundlichen roten Gesicht, „und was dann dabei rauskommt, sieht man hier." Er deutet auf die klassizistischen Fassaden der Häuser entlang der Place des Martyrs, neben der *Grand Place* der schönste Platz in der Brüsseler Innenstadt. „Man hätte die Häuser schon 1963 renovieren können. Damals wurde der Platz unter Denkmalschutz gestellt. Statt dessen hat man dreißig Jahre gewartet – und die Häuser verrotten lassen."

Viele Jahre war der Platz der Märtyrer ein Anziehungspunkt für Nostalgiker. Überfüllt war er nie. An Sonnentagen schlenderten Liebespaare oder einsame ältere Herren über das bucklige Pflaster, hier und da saß ein Pommes-frites-Esser auf einer Bank und gelegentlich sah man auch Kunststudenten in einer Ecke kauernd beim Zeichnen. Touristen mit Reiseführer verirrten sich nur selten auf den Platz. In der einschlägigen Literatur nämlich kommt die verkannte Schönheit meist nicht vor. Und die leprösen Fassaden sowie Fenster, aus denen Bäume herauswachsen, sind nicht jedermanns Sache.

Die Brüsseler Place des Martyrs verhält sich zur Grand Place wie die Pariser Place des Vosges zur Place de la Concorde: stilistische und atmosphärische Authentizität gegenüber repräsentativem Glanz. Dabei ist die Place des Martyrs der historisch vielleicht sogar interessantere Fleck. Zwischen der turbulenten Fußgängerzone Rue Neuve und Betonfassaden moderner Bürohäuser versteckt, hat ein bau- und landesgeschichtliches Juwel die Zeit überdauert.

Ursprünglich war hier Weidegelände. 1594 kauft die Stadt Brüssel die Wiesen, um sie Tuchmachern zum Trocknen ihrer Tücher zu verpachten. 1772 entwirft der Architekt Claude Fisco ein an Louis XIV. Stilideale angelehntes Residenzviertel für reiche Brüsseler Bürger. St. Michel heißt der Platz damals. Als 1830 die Revolution zur Befreiung von der niederländischen Herrschaft ausbricht, wird das exklusive Wohnviertel zur Grabstätte. Rund 450 Opfer des belgischen Freiheitskampfes sollen hier beigesetzt worden sein. Heute erinnert ein mausoleumartiges

Denkmal, in das man wie in einen Kellerkreuzgang hinabsteigen kann, mit Marmortafeln und einer von Guillaume Geefs geschaffenen Säulenstatue Leopold I. an die „Märtyrer der Freiheit". 1883 erhält der Platz seinen seither unveränderten Namen. Ende des 19. Jahrhunderts lassen sich hier vorwiegend Textilgeschäfte nieder. Der alte Glanz beginnt zu verfallen. 1963 wird er zwar zum denkmalgeschützten Monument erklärt – aber nicht renoviert.

Jahrelang streiten *Flamen*, die hier ein Kulturzentrum, eine Bibliothek und Büros der flämischen Regierungskabinette einrichten wollen, mit der Stadt Brüssel, die auch die Interessen ihrer frankophonen Bevölkerung vertreten muß. Jahrelang blockiert man die Renovierung. Die Flamen würden zwar sofort mit der Arbeit beginnen, aber viele Wallonen fürchten, daß dann hier „eine Art flämisches Versailles" entsteht. Die Urbanismus-Organisation ARAU plädiert dafür, in den alten Mauern Luxusappartements einzurichten und den Platz so wieder quasi in seinen Urzustand zu versetzen. Die Stadt Brüssel hat kein Geld. Baupläne werden erstellt, Verhandlungen geführt, Verträge geschlossen und wieder gelöst. Schließlich einigt man sich auf einen Kompromiß, eine Teilnutzung. 1200 Quadratmeter Wohnungen, 6142 Quadratmeter Büros und 7862 Quadratmeter Geschäftsräume – damit sei nun wirklich jedem gedient, erklärt der Minister. Sofort soll mit der Renovierung begonnen werden. Zigmal wurde das schon versprochen. Als die vertraglich besiegelte Restauration des Platzes angekündigt wird, gibt es auf dem Platz ein Straßenfest. Kaum hat ein flämischer Politiker das Wort ergriffen, ruft eine Frau dazwischen: „En français." Über das Schild „Place des Martyrs" hat einer mit Farbe geschmiert: „Der gemarterte Platz."

Politik – bei Tisch tabu. Wer bei einer Brüsseler Familie zum Essen eingeladen ist und sich so richtig unbeliebt machen möchte, sollte unbedingt von Politik sprechen. Ein paar Gedanken zum Stand der Föderalisierung, ein paar Fragen zur Struktur und zum Sprachgruppen-Proporz des Brüsseler Regionalrates, ein Kommentar zur Ausgliederung der Kultur- und Unterrichtspolitik in die Kompetenz der Gemeinschaften oder ein Statement zur Staatsverschuldung, und man darf fast sicher sein, daß die Gastgeberin das Dessert im Kühlschrank stehen läßt.

Nein, politische Debattierfreunde sind die Brüsseler schwerlich zu nennen. Das hat zum einen damit zu tun, daß man sich im allgemeinen ohnehin äußerst ungern streitet (wo das Leben mit einem Hühnereintopf und einer guten Flasche Wein doch so schön sein kann), und daß man im besonderen von Politik nichts mehr wissen will. Und deshalb auch kaum etwas weiß. Wer sich vorgenommen hat, die administrativ-politische Organisation des belgischen Staates zu verstehen, sollte es jedenfalls tunlichst vermeiden, sich dies von einem Brüsseler erklären zu lassen.

Der beschränkter Auffassungsgabe unverdächtige belgische Schriftsteller Pierre Mertens bemerkte einmal resigniert: „Ich möchte wetten, daß selbst die brillantesten Köpfe die belgischen Institutionen auch nach Stunden noch nicht verstanden haben." Belgien ist klein, aber dennoch umfangreich gegliedert: Da gibt es den Zentralstaat, den man seit den achtziger Jahren schrittweise föderalisiert, darüber hinaus gibt es die frankophone, die flämische und die deutsche Gemeinschaft (alle mit eigenen Kompetenzen), gleichzeitig gibt es die Region Wallonien, die Region Flandern und die in der Provinz Brabant gelegene Region Brüssel-Hauptstadt (ebenfalls mit eigenen Kompetenzen), aber da dies noch zu übersichtlich wäre, gibt es auch noch die Agglomeration Brüssel, die sich in neunzehn weitgehend unabhängige Gemeinden gliedert (ebenfalls mit eigenen Kompetenzen, eigenen Bürgermeistern und Polizeiverwaltungen). Und da das alles mit außerordentlich mediterranem Laissez faire organisiert ist, weiß die linke Hand selten was die rechte tut. Undurchschaubarkeit auch als Tarnmantel manch halblegaler Unregelmäßigkeit.

Die Politik erstarrt in ihren bis zur Handlungsunfähigkeit gelähmten Entscheidungsstrukturen, bei den Wählern herrscht phlegmatisches Desinteresse oder eine heikle Aufbruchsstimmung. Die Mehrheit will überhaupt nichts mehr von Politik wissen, eine größer werdende Minderheit driftet aus der politischen Mitte an den extremistischen Rand.

Spannungen zwischen den Bevölkerungsgruppen, fälschlich verharmlosend „Sprachenstreit" genannt, lähmen seit Jahrzehnten auch die Politik. Ein Beispiel: Belgiens jüngste große Regierungskrise begann im Herbst 1991. Die flämische Partei „Volksunie" verweigerte die Unterzeichnung einer Exportgenehmigung für Waffenexporte wallonischer Rüstungskonzerne nach Saudi-Arabien. Die frankophonen Parteien beklagten den Verlust eines Milliardengeschäfts und rächten sich, indem sie den Exportvertrag für Telefonsysteme, an dem fast ausschließlich flämische Unternehmen verdient hätten, boykottierten. Die „Volksunie" verließ daraufhin das Parlament. Die Regierung wurde handlungsunfähig. Der Konflikt erzwang Neuwahlen.

Vor allem extremistische Randgruppen nutzten den Wahlkampf als Forum für fundamentalistische und separatistische Parolen. Der Überdruß an der verkrusteten Koalition aus fünf sozialistischen und christlich-demokratischen Parteien, die teilweise seit mehr als dreißig Jahren Regierungsverantwortung tragen, war groß. Die Slogans der Entschlossenheit fielen auf fruchtbaren Boden. Die Abstimmung im November 1991 wurde – als typische Protestwahl – zu einem Desaster für die Parteien der Mitte. Die größte Schlappe erlitt der zwölf Jahre nahezu ununterbrochen regierende Premierminister Wilfried Martens und seine Christliche Volkspartei (CVP). Die Gewinner waren in Wallonien die „Ecolo" genannten Grünen, in Flandern die Partei des Einzelkämpfers Jean-Pierre Van Rossem und der (rechts-) radikale Vlaams Blok, der seinen Stimmenanteil verdreifachen konnte.

Van Rossem, der mit seinem schulterlangen grauen Haar wie eine Mischung aus einem übergewichtigen Rockstar und einem gallischen Druiden anmutet, bezeichnet sich selbst als Anarchist. Wegen undurchschaubarer Geschäfte in Untersuchungshaft, führte der linke Millionär seinen Wahlkampf teilweise aus dem Gefängnis. Mit sich verselbständigendem Unterhaltungswert verbuchte der Ferrari-Fahrer bei überwiegend jungen Wählern immerhin 250000 Stimmen.

Die Aufgabe, aus den vielen kleinen Parteien eine koalitionsfähige Regierung zu schmieden, schien unlösbar. Erst der dritte von König Baudouin beauftragte „Formateur", eine Art Verhandlungsführer, konstituierte eine Koalition der alten Regierungsparteien. Der Vermittler selbst, Jean Luc Dehaene, wurde Premierminister. Bilanz: Mehr als hundert Tage lang blieb das Land ohne Regierung und dämmerte impulslos vor sich hin. Fazit: Es scheint auch ohne zu gehen. Begeisterung für die Politik wird so jedenfalls nicht geweckt.

Unterdessen herrscht schleichendes Chaos und galoppierendes Desinteresse. „Politiker", sagt ein dreiundzwanzigjähriger Jurastudent aus Brüssel, „werden bei uns doch nur noch die, die sonst arbeitslos geblieben wären". Wer wollte sich mit solchen gesellschaftlichen Randerscheinungen schon den Appetit verderben lassen?

Vor vielen Jahren schenkte mir einmal ein Besucher einen ausgesprochen kitschigen Teller. Darauf stand in schnörkeliger Schrift: „Sauf Dich voll und freß Dich dick, bloß halt das Maul von Politik." Ich habe es noch nicht probiert aber in Brüssel wäre das sicherlich ein außerordentlich erfolgreiches Mitbringsel.

Quartier Leopold – ein Stadtteil wird vernichtet. Steine des Anstoßes: Im Quartier Leopold wird seit Jahren gebaut. Und seit Jahren protestiert. Früher lag hier eines der schönsten bürgerlichen Wohnviertel Brüssels, mit alten Patrizierhäusern, Plätzen und Parks. Heute sind davon nur noch nostalgische Erinnerungen übrig. „Espace Leopold" ist längst zum Begriff geworden für das gigantische Verwaltungszentrum der Europäischen Gemeinschaft. Als wären das alte Kommissionsgebäude Berlaymont, die Betonburgen von Parlament und Rat sowie einige andere Sitzungs- und Bürohäuser nicht schon genug gewesen, hat man seit den späten achtziger Jahren auch noch die übrigen Straßenzüge des Viertels planiert, um der nötigen Erweiterung der Bürokratiezentrale Platz zu schaffen.

Im jahrelangen (Wett-)Streit um den endgültigen Sitz des EG-Parlaments, das seine ordentlichen Sitzungen immer noch in Straßburg hält, hat Brüssel sich für eine riskante Strategie entschieden: bauen statt debattieren. Ohne daß in der „Sitzfrage" ein Entschluß gefaßt oder absehbar war, begann man am 11. Januar 1989 die Fundamente für einen gigantischen Büro-, Verwaltungs- und Wohnkomplex auszuheben, der nicht nur neue Räumlichkeiten für den EG-Ministerrat schaffen soll, sondern vor allem eine Bestimmung hat: das Parlament nach Brüssel zu locken und damit den Rang der belgischen Metropole als europäische Hauptstadt endgültig zu zementieren.

Drei belgische Architektengruppen verplanten hier mehr als 240 000 Quadratmeter Büroraum, Abertausende von Parkplätzen, Geschäftsräume und Wohnungen. Hinzu kommt ein Tunnelsystem, für dessen Ausfahrtsstraßen unter der Erde eine Strecke von mehr als 1500 Metern freigegraben wurde. Natürlich gab es Proteste, Unterschriftensammlungen und nicht immer ganz friedliche Demonstrationen. Die einflußreiche Architektur-Organisation ARAU beklagte die durch Umsiedelungsmaßnahmen bedingte „Zerstörung der sozialen Struktur und kulturellen Vitalität eines ganzen Stadtviertels" und schlug rechtzeitig die Errichtung des EG-Zentrums auf freien Grundstücken am Stadtrand vor. Ohne Erfolg.

Die Vergabe der Aufträge für das Projekt nahmen die privaten Bauträger auf undurchsichtigen Wegen vor. Die Gremien der EG hatten kaum Einfluß. Renommierte ausländische Architekten standen nie ernsthaft zur Debatte. Die schnelle Entscheidung für drei profillose belgische Büros nährte den Verdacht der Vetternwirtschaft. „Natürlich hatten wir damals den Eindruck, daß da gemauschelt wurde, aber als wir intervenierten, war es schon zu spät", erzählt ein deutscher EG-Beamter.

Fertigstellen will man sämtliche Arbeiten bis 1996. Vorläufige Kostenkalkulation: zwanzig Milliarden belgische Francs (zirka eine Milliarde Mark). Wenn alles gutgeht, werden sich die Investitionen lohnen: Schon jetzt haben sich rund 1400 internationale Firmen in Brüssel niedergelassen, die für die Stadt pro Jahr einen Umsatz von 38 Milliarden belgischen Francs bedeuten. Wenn auch noch das Parlament offiziell in Brüssel residiere, so erklärt ein EG-Beamter, wird mit einer Verdreifachung dieser Zahlen gerechnet.

In Straßburg wird übrigens ebenfalls gebaut. Direkt gegenüber dem alten Plenarsaal soll ein neuer entstehen. Aber selbst wenn man sich eines Tages in diesem oder im nächsten Jahrtausend entschließen würde, das Parlament endgültig nach Brüssel zu verlegen, blieben die Franzosen langfristig die Gewinner: Die beiden Finanzkonzerne, die sich in Belgien die Spekulation mit dem „Espace Leopold" teilen, heißen Banque d'Epargne COB und Societé Generale – und die ist mehrheitlich in französischem Besitz.

Querelen – flämische Fundamentalisten. „Ik sprek geen Frans", bellt der ältere Mann böse, den man in Brüssel auf Französisch nach einem Straßennamen gefragt hat, und er dreht sich wütend um. Der nächste Versuch, diesmal in Niederländisch, scheitert ebenfalls: der Angesprochene seufzt schulterzuckend „Français", blickt etwas mitleidig und läuft weiter. Wer frankophone Wallonen und niederländisch sprechende Flamen nicht sofort am Gesicht erkennt, wartet selbst im offiziell zweisprachigen Brüssel immer häufiger vergeblich auf Auskunft. Viele könnten schon antworten, aber sie wollen nicht mehr.

In der wallonischen Stadt Tournai hängen Plakate einer deutschen Autofirma. Man sieht nur ein großes Foto, der Werbetext ist mit Klebeband verdeckt, wie zensiert – er war niederländisch. In dem auf flämischem Gebiet liegenden Brüsseler Vorort Overijse leben fünfundzwanzig Prozent frankophone Wallonen. Bei den Behörden aber darf nur in Niederländisch gesprochen werden. Mitarbeitern des Einwohnermeldeamtes, die Besuchern französisch antworten, soll mit Kündigung gedroht worden sein.

„Belgien ist der Prototyp Europas im Sinne föderalen Zusammenwirkens und friedlichen Zusammenlebens verschiedener Regionen und Kulturen." Der Satz des langjährigen belgischen Premierministers Wilfried Martens wirkt heute unfreiwillig zynisch. Wenn Belgien wirklich ein Prototyp Europas ist, dann zeigt es – einem Versuchslabor gleich – vor allem die Schwierigkeiten, die gravierenden Konflikte in einem sich einigenden Europa: das wieder erstarkende Selbstbewußtsein der Regionen etwa, die ordnende Kraft kultureller Traditionen und die Schwierigkeiten beim Überwinden der Sprachgrenzen. Die Hauptstadt Brüssel wirkt da wie ein Brennglas, in dem sich die Probleme bündeln.

Der Leitsatz, mit dem die Belgier nach der revolutionär erstrittenen Unabhängigkeit im Jahre 1830 ihr Wappen schmückten, liest sich wie ein Treppenwitz der Geschichte: „Einigkeit macht stark." Daß Uneinigkeit schwach macht, beweist Belgiens Staatsverschuldung, die 1992 400 Milliarden Mark überschritt und bei zehn Millionen Einwohnern einen internationalen Spitzenwert darstellt – mit 130 Prozent des Bruttosozialprodukts bei weitem die höchste Quote innerhalb der Europäischen Gemeinschaft. Der Verwaltungsapparat ist – nicht zuletzt durch die sprachbedingte Doppelbesetzung – hoffnungslos hypertroph, das politische System selbst für Einheimische schwer durchschaubar. Unsicherheit und Unzufriedenheit stärken vor allem die fundamentalistischen Flamen.

Ein junger Aktivist der „Vlaamse Volksbeweging" hält es für eine Beschwichtigung, wenn er mit funkelnden Augen sagt: „Wir Flamen wollen eine Revolution machen. Wir wollen den Staat übernehmen, aber möglichst ohne Gewalt." Verbittert erzählt er von den Demütigungen, die die unterdrückten Flamen unter der Dominanz der Wallonen in diesem Land erfahren mußten. Ein Ziel der fundamentalistischen Volksbewegung, einer von drei radikalen flämischen Bürgerinitiativen, ist es, die Stadt Brüssel, die auf flämischem Gebiet liegt, wieder zur Hauptstadt der Flamen zu machen. Ferner will man die völlige Unabhängigkeit Flanderns: „Und wenn Belgien dabei ein Hindernis ist, dann muß es eben beseitigt werden." Irgendwann kommt das Gespräch auf Südafrika und die Sympathie der „echten Flamen" für die Buren und den politischen Kurs der Konservativen Partei. Apartheid in Belgien?

Der rechtsradikale Vlaams Blok schürt seit Jahren gezielt das Auseinanderdriften der Bevölkerungsgruppen. „Wir haben genug von diesem Kompromiß Belgien. Laßt die beiden Staaten ihre eigenen Wege gehen. Wir möchten einen unabhängigen Staat, mit eigenem Geld und eigener Armee", sagt der junge, schneidige Parteichef Filip Dewinter und fügt drohend hinzu: „Wir könnten die Macht haben, den belgischen Staat zu brechen."

Auf wallonischer Seite ist es indes eher der linke Rand, der den Alleingang der Regionen propagiert: José Happart, der als Bürgermeister des wallonischen Dorfes Les Fouron mitten in Flandern seinen separatistischen Eifer entwickelte, ist Abgeordneter des Europaparlaments. Der Sozialist erklärt: „Altes muß sterben, bevor etwas Neues geschaffen werden kann. Vielleicht müssen wir solche Ideen wie die des Nationalstaates erst abschaffen, bevor Europa stark werden kann."

Parallelen zur früheren Sowjetunion zieht André Leysen, eine Art Herman Josef Abs der belgischen Wirtschaft: „Aufgrund seiner komplizierten Strukturen, regionalen Gegensätze und mächtigen Interessengruppen kommt es in Belgien zu vergleichbaren Zuständen der Entscheidungslosigkeit."

Dabei sind die Belgier kein streitsüchtiges Volk. Die Floskel

„on s'arrange", man arrangiert sich, ist hier nicht von ungefähr zum geflügelten Wort geworden. Der ausgeprägte Pragmatismus gehört zu den wenigen Eigenschaften, die Wallonen und Flamen wirklich gemeinsam haben. Bevor man materielle Nachteile in Kauf nimmt, einigt man sich lieber auf einen Kompromiß – und sei es ein fauler, „le compromis belge". Die Anpassungsbereitschaft läßt sich in Belgien auch historisch ableiten. Das Gebiet des heutigen Belgiens beherrschten die Franken, die Burgunder, die Habsburger, die Franzosen, die Niederländer und – gleich zweimal – die Deutschen. Bald spanischen, bald österreichischen, dann französischen oder niederländischen Kultureinflüssen und Herrscherlaunen ausgesetzt, entwickelten die Bewohner Flanderns, Brabants oder Walloniens eine selbsterhaltende Wandlungsfähigkeit, die noch heute manch hyperliberalen, auf den ersten Blick vielleicht gesichtslosen Charakterzug erklärt.

Um so nachdrücklicher hielt man an einem unerschütterlichen Kontinuum der belgischen Geschichte fest: an der Sprachgrenze, die wie eine Demarkationslinie des Unvereinbaren seit dem Mittelalter weitgehend unverändert nördlich von Lüttich und südlich von Brüssel ziemlich genau durch die Mitte des Landes verläuft und romanisch geprägte Volksstämme von germanisch dominierten Völkern trennt. Mit allem arrangierte man sich, die französischsprachigen Wallonen und die niederländisch sprechenden Flamen aber lebten seit je eher neben- als miteinander.

Verwunderlich genug, daß die gegensätzlichen Bevölkerungsgruppen überhaupt zu einer gemeinsamen Nation drängten. Der Historiker Albert d'Haensens glaubt denn auch, daß sich die belgische Identität „vor allem durch die Negation ausdrückt. Die Flamen sagen, wir sind keine Niederländer, die Wallonen sagen, wir sind keine Franzosen".

Die Rivalität zwischen den beiden Landesteilen basiert auf jahrhundertealten Minderwertigkeitskomplexen und Superioritätsgefühlen. Nachdem Flandern im Mittelalter ein kulturelles und wirtschaftliches Zentrum Europas war, gewinnen seit dem achtzehnten Jahrhundert die frankophonen Wallonen an Dominanz. Man orientiert sich an der kulturellen Blüte Frankreichs, der Blick richtet sich nach Paris, die geistige Elite spricht auch in Flandern Französisch. Als 1794 die Franzosen Belgien besetzen, werden sogar flämische Bücher verboten. 1815 jedoch verwirklicht der Wiener Kongreß die alte Idee vom großniederländischen Reich, das Pendel schlägt wieder um. Die neuen Herrscher versuchen das Niederländische als Staatssprache durchzusetzen. Doch soviel niederländische Fremdbestimmung ist selbst manchen Flamen nicht recht. Nach der Revolution, die 1830 in der Brüsseler *Oper* ihren Anfang nahm, beschließt der Justizminister des unabhängigen Königreichs Belgien: „Es ist selbstverständlich, daß die alleinige Sprache der Belgier das Französische zu sein hat." Die Vorherrschaft einer Sprache, bisher von außen oktroyiert, wird von nun an zum internen Problem und Symbol eines regionalen Kulturkampfs. Die meisten Flamen, von der französischen Bourgeoisie als tumbes Bauernvolk diskriminiert, passen sich an. Viele taufen ihre Kinder auf französische Vornamen, manche französisieren sogar den Familiennamen. 1865 sollen zwei Flamen irrtümlicherweise wegen Mordes verurteilt worden sein, weil sie sich in dem französisch geführten Prozeß nicht verständigen können. Fast masochistisch fügt sich das Brüsseler Geistesleben den Pariser Launen. Baudelaire, Victor Hugo, Rimbaud, Verlaine, Alexandre Dumas und Honoré de Balzac werden mit offenen Armen in Brüssel empfangen – dankbar zeigen sie sich kaum. Vor allem Baudelaire legt mit seiner Haß- und Schmähschrift „Pauvre Belgique!" den Grundstock für hartnäckige Vorurteile: Die Belgier, so notiert der Dichter, seien ein ungeistiges, faules, lautes und schmutziges Volk. Belgier-Witze funktionieren noch heute in Frankreich so wie in Deutschland die Kalauer über Ostfriesen.

1906 noch bezeichnet der Erzbischof von Mechelen Niederländisch als eine Sprache, die nicht geeignet sei, höhere Bildung zu vermitteln. Und viele flämische Dichter passen sich an bis zur Selbstverleugnung. 1937 veröffentlicht der literarische Kreis „Groupe du lundi", dem so renommierte – flämische – Schriftsteller wie Michel de Ghelderode und Frans Hellens angehören, ein Manifest, das die belgische Literatur als Teil der französischen Dichtung bezeichnet. Besonders paradox mutet dies bei einem Schriftsteller wie Ghelderode an, der in seinen Werken immer wieder spezifisch flämische Themen und Sujets aufgriff.

Schon 1917 fordert zwar eine nationalistische flämische Gruppierung ein „freies Flandern", aber erst 1930 wird das Niederländische als Universitätssprache zugelassen. Doch die kulturelle Vorherrschaft der Wallonen bleibt weiter bestehen. Paul Delvaux, René Magritte und Georges Simenon heißen die drei berühmtesten Repräsentanten belgischer Kunst im Ausland. Auch wirtschaftlich sind die Wallonen bis zu den fünfziger Jahren überlegen. Dann jedoch gerät der südbelgische Kohlebergbau in eine Krise. Bis 1970 sinkt die Produktivität um fast 90 Prozent. Die Wallonie verarmt. Außerdem versiegt zunehmend auch noch die ehedem unerschöpflich scheinende Geldquelle der Kongo-Kolonie – ein Verlust, der vor allem die frankophone Bourgeoisie trifft. Die jahrzehntelang unterdrückten Flamen indes entwickeln enormen Ehrgeiz, Flandern wird zum internationalen Industriezentrum.

Die sprachliche Dominanz der Franzosen beginnt sich nun zu rächen. Während viele Wallonen nur ihre Muttersprache beherrschen, spricht ein Großteil der Flamen exzellent französisch, recht gut englisch und nicht selten auch noch flüssig deutsch – ein entscheidender Wettbewerbsvorteil, der sich in den achtziger Jahren durch eine krasse Verschiebung der ökonomischen Gewichte auszahlt. Seitdem auch im immer vitaleren belgischen Kulturleben ein Großteil der Schlüsselfiguren – von Jan Hoet über Gerard Mortier bis zu Panamarenko, Jan Fabre, Marie Jo Lafontaine oder Anne Teresa de Keersmaeker – flämischer Herkunft sind, gewinnen die Flamen ein Selbstbewußtsein, das nicht selten an Revanchismus grenzt. In seinem Buch „Die Flamen – ein Volk in Bewegung, eine werdende Nation" schreibt der Journalist Manu Ruys: „Die flämische Bewegung nähert sich ihrer Vollendung. Die Flamen beginnen ein neues Leben."

Neues Leben versuchen Politiker beider Volksgruppen dem Land einzuhauchen, als sie 1989 Belgien in einen Föderalstaat umwandeln. Seither ist nach dem Subsidiaritätsprinzip ein Großteil der Kompetenzen an die Regionen Wallonien, Flandern und das zweisprachige Brüssel sowie an die französische, flämische und deutsche Gemeinschaft delegiert. Doch die bürokratische Verwaltung wird dadurch nicht entschlackt – was möglich gewesen wäre –, sondern aufgeblasen. Und der Konkurrenzkampf ist eher angestachelt als gemildert. Der Publizist Yvon Toussaint stellt sogar die gute Absicht in Frage, wenn er behauptet, daß das neue System dem „Wunsch entsprungen ist, nichts mehr gemeinsam zu machen". Sein Resümee: „Der Föderalismus hat die Gräben vertieft." Tatsächlich wurde Belgien nicht föderalisiert, sondern nur dezentralisiert. Die bündelnden Kräfte eines föderativen Systems hat man nicht erkannt oder zumindest nicht genutzt. Seit 1993 ist Belgien offiziell ein Bundesstaat. Bundesstaat oder doch schon eher ein Staatenbund?

In diesem Zustand kann von Zusammenwachsen und Einheit nur theoretisch die Rede sein. Besonders laut wird um die Sozialversicherung gestritten: Die Flamen nämlich monieren, daß sie mit ihrem Wohlstand die Wallonen aushalten würden. Tatsächlich tragen sie zu siebzig Prozent das Budget, nur sechzig Prozent der Auszahlungen aber fließen wieder nach Flandern zurück. Auch der Lehrerstreit für bessere Ausbildungs- und Arbeitsbedingungen, ein anderes Brüsseler Dauerthema, flakkert immer wieder auf. In die Schußlinie geraten sind sogar die EG-Beamten: die Eurokraten als Sündenbock und neues Feindbild. Bei dem Versuch Brüssel zu flämisieren, dienen sie auch als Hebel gegen den Einfluß der Wallonen.

„Overijse is niet te koop", Overijse ist nicht zu kaufen, steht auf einem Schild, das – mit etwas anderer Aufschrift – in Belgien üblicherweise dann an einem Haus hängt, wenn der Besitzer es loswerden möchte. Hier ironisches Motto einer Versammlung: In dem neonbeleuchteten Saal eines Kulturzentrums in Jezus Eik tagt gerade das „Komitee Stop Euro-Brüssel". Vor einer gelben Fahne mit dem flämischen Löwen erregt sich ein Redner: „Naivlinge sind die, die glauben, daß Brüssel noch eine Stadt ist und nicht nur ökonomischen Interessen dient." „Man müsse vielleicht doch etwas differenzieren", wagt später ein Zuhörer einzuwenden und wird schnell unterbrochen: „Wir müssen nicht differenzieren, wir müssen kämpfen und den Leuten Angst machen." Brüssel sei die Hauptstadt von Flämisch-Brabant und sonst nichts. Man könne nicht mehr lange warten, flüstert mein Nachbar, bald werde die Baustelle des Europaparlaments gestürmt und dann sagt er, mit wichtiger Miene und noch leiser: „Aber wir können heute nicht darüber sprechen, es ist bestimmt jemand von der ‚Stasi‘ da."

Brüssel brodelt. Der Haß geht so weit, daß flämische Bürgerinitiativen sogar schon versucht haben, mit Drohbriefen deutschsprachige Gottesdienste in Tervuren zu verhindern. Auch linke Gruppierungen machen mobil gegen Eurokraten, Ausländer, Wallonen, Flamen oder einfach den jeweils anderen. Revanchismus mischt sich hier oft mit Rassismus, reaktionäre Ideologie und anarchistische Destruktionslust ergeben einen giftigen Brei, in dem auch die sinnvolle Grundtendenz mancher Gedanken verdirbt. Von dem wallonischen Politiker Jules Destrée wird seit 1912 der Satz überliefert: „Es gibt in Belgien Wallonen und Flamen, Belgier gibt es nicht."

Die Hoffnungen der Vernünftigeren im Lande richten sich auf ein konsequent konstruiertes Europa der Regionen, das es erleichtern könnte, kleinere Einheiten in einem gemeinsamen Ganzen zu bewahren und zu befrieden, ohne den Nationalstaat – als gleichsam zweite von drei Instanzen – völlig zu liquidieren. Doch ein Problem wäre auch in diesem elysäischen Zustand nicht gelöst: das der Sprache. Dabei bietet die Umgebung Brüssels auch hier historisches Anschauungsmaterial als Modell.

Wenn man sich, wie so häufig, auf die geistige Vergangenheit des mittelalterlichen Flanderns besinnt, vergißt man meist das Jahr 1425, in dem die noch heute renommierte Universität Löwen gegründet wurde. Menschen aller Regionen studierten dort einträchtig nebeneinander. Einen Sprachenstreit gab es nicht. Der Unterricht wurde lateinisch erteilt.

etc

Reine-Elisabeth-Wettbewerb – Gipfeltreffen für Tasten- und Gesellschaftslöwen. Einen Tag vor dem offiziellen Beginn des „Concours Musical Reine Elisabeth" spielt Gerhard Oppitz in Brüssel: Brahms, mit Michael Gielen, im Palais des Beaux Arts – das Publikum rast vor Begeisterung. Comte de Lanoit, dessen Großvater den Wettbewerb mitgründete, reibt sich vergnügt die Hände: „Unsere Preisträger bringen es eben zu etwas." Der Graf irrt: Oppitz, heute einer der wenigen wirklich international erfolgreichen Pianisten aus Deutschland, nahm zwar 1975 am Reine-Elisabeth-Wettbewerb teil. Aber er flog schon in der ersten Runde raus. Ein Triumph am Ort der einstigen Niederlage. Ein Rück-Spiel.

Wie alle Kandidaten lebte auch er damals während des Wettbewerbs bei einer Brüsseler Familie. Aus den Gastgebern wurden Freunde. „Ihr Verhalten änderte sich überhaupt nicht, nachdem ich in der ersten Runde ausgeschieden war. Das hat mir damals sehr geholfen", sagt er. Noch heute wohnt der reisende Virtuose jedesmal bei den alten Leuten, wenn er in Brüssel konzertiert, noch heute stehen sie jedesmal nach den Konzerten an seiner Garderobe, lächeln stolz, wenn er Autogramme verteilt, um dann so schnell wie möglich mit ihm in einer bestimmten Kneipe zu verschwinden. Rückblickend ist es ein Gewinn, daß er 1975 verloren hat.

„Brüssel hat viele Wochen auf sie gewartet", sagt der Jury-Präsident Eugène Traey bei der Eröffnungszeremonie zu den Kandidaten. Eine Floskel? Der Reine-Elisabeth-Wettbewerb, alle vier Jahre dem Klavier gewidmet und international als strengster und anstrengendster seiner Art gefürchtet, ist in Belgien ein nationales Ereignis, das mit mehr Begeisterung verfolgt wird als eine Fußballweltmeisterschaft. Radio und Zeitungen sind von der ersten Runde an dabei, das Fernsehen überträgt das einwöchige Finale live. Klassische Musik als Volksfest – Hörgenuß und vor allem: Schau-Lust.

Gewinner und Verlierer gibt es bei Wettbewerben, schon bevor der erste Ton erklingt. Der große Saal des Konservatoriums ist überfüllt. Nervosität liegt im Raum. Die Reihenfolge, in der die achtzig Kandidaten auftreten, wird ausgelost. Die ersten und die letzten Nummern sind unbeliebt, weil man glaubt, daß die Jury hier noch nicht oder nicht mehr konzentriert ist. Jeder muß ein Los ziehen. Plötzlich schlägt sich ein Mädchen die Hände vors Gesicht, das Publikum applaudiert mitleidsvoll: die Nummer eins. Alles Aberglauben. Und trotzdem: die junge Georgierin wird schon im ersten Prüfungsdurchgang ausscheiden.

Musikwettbewerbe werden gerne zur Leistungsschau nationaler Qualitäten stilisiert – der Erfolg als Politikum. Wie bei den Olympischen Spielen messen sich hier seit Jahrzehnten vor allem die Supermächte Amerika und die ehemalige Sowjetunion. Doch zahlenmäßig am stärksten sind längst die Südostasiaten vertreten. Weltpolitik im Spiegel der Musikwelt?

Im ersten Prüfungsdurchgang hat jeder Kandidat 25 Minuten Zeit. Spielt er länger, greift der Jury-Präsident zur Glocke und klingelt ab. Das Programm besteht aus einem Präludium mit Fuge von Bach, einem Stück nach eigener Wahl und drei von der Jury erst kurz vor dem Auftritt ausgesuchten Etüden, meist von Chopin, Liszt, Debussy oder Rachmaninow. Die erste Runde wird von den Teilnehmern am meisten gefürchtet. Die Auslese ist gnadenlos, von achtzig kommen nur vierundzwanzig weiter. Vielen reicht die knappe Zeit nicht einmal, um sich richtig warm zu spielen, denn die kurzen Stücke sind kaum geeignet, um künstlerische Bekenntnisse abzulegen. „Eine Konzentrationsschwäche, ein Fehler genügt, und man ist draußen", erklärt der Amerikaner Stephen Prutsman, der beim letzten Tschaikowsky-Wettbewerb in Moskau den vierten Preis gewann. Mit einunddreißig Jahren gehört er zu den ältesten Teilnehmern. Nach seinem ersten Auftritt gilt er auch hier als Favorit. Eine Woche lang spielen die Kandidaten von 15 bis 23 Uhr nur von kurzen Pausen unterbrochen in dem Saal des alten Konservatoriums. Dessen Glanz aus Kolonialzeiten ist sichtlich verblaßt. Der Putz über der Bühne bröckelt, die Wände sind vergilbt. In roten Plüschfauteuils sitzen Musikerkollegen, Klavierlehrer aus der ganzen Welt und überwiegend ältere Damen der belgischen Aristokratie. Mit mildem Lächeln blicken sie auf die jungen Talente und falten zufrieden ihre Hände, an denen mirabellengroße Brillanten prangen. Man macht Notizen, vergibt Punkte und wählt seine Favoriten. Anfangs herrscht Unsicherheit. Manche wissen noch nicht, wen sie gut finden dürfen. Kurzkritiken über jeden Kandidaten erscheinen erst am nächsten Morgen. Selbst belgische Zeitungen, die sonst keinen Musikkritiker beschäftigen, engagieren für diese Zeit einen Fachmann. Die Faszination, den Reine-Elisabeth-Wettbewerb von Anfang an zu verfolgen, ist vor allem sportlicher Natur: die Atmosphäre erinnert weniger an ein Konzert als an ein Pferderennen.

Samstag nachts gegen halb eins werden von der Jury die 24 Erwählten verlesen, die in die zweite Runde kommen. In den anderthalb Stunden davor herrscht lähmende Nervosität. Das Publikum zerstreut sich in die umliegenden Kneipen. Bei einigen Beruhigungs-Bieren beteuert der Deutsche Markus Becker, nicht aufgeregt zu sein. Während sein Knie vibriert, unterteilt er die Kandidaten in „Risiko-Typen und Perfektions-Typen. Viele spielen in der ersten Runde nur auf Sicherheit, ohne Fehler, Ecken und Kanten. Andere setzen alles auf eine Karte, um in der Masse aufzufallen". Die Zeiten, da die Juroren die Perfektionisten bevorzugten, seien jedoch vorbei. „Das traf in den siebziger Jahren zu, heute sucht man wieder Individualisten." Becker ist nicht überzeugt davon, daß er weiterkommen wird. Aber für ihn sei dieser Wettbewerb ohnehin nicht so wichtig. Anders sieht das sein deutscher Kollege und Freund Andreas Woyke aus Köln. „Ich bin eigentlich ziemlich sicher, in die zweite Runde zu kommen." Nervös? „Das läßt sich ja wohl schwer leugnen", sagt er und streicht sich Haare aus dem Gesicht, die gar nicht hineingefallen sind. Die beiden sitzen nebeneinander, als die Namen verlesen werden. Sie würden es gerne gemeinsam schaffen. Dann endlich erhebt der Präsident sein Glöckchen: Beckers Name wird genannt. Woyke wartet vergeblich.

Der Reine-Elisabeth-Wettbewerb ist berühmt für seine strengen Statuten, die in einem ziemlich unhandlichen Manifest von 117 Paragraphen festgelegt sind. Wettbewerbe gelten als Sumpf der Vetternwirtschaft und Bestechung. Für solche Enthüllungen ist der Concours Reine Elisabeth jedoch ein undankbares Beispiel. Er gilt als Musterknabe unter den Wettbewerben. In Brüssel bleibt alles fast langweilig lauter.

Über die strikte Einhaltung des Regelwerks wacht Madame Ferrière, die Generalsekretärin und eigentliche Organisatorin des vom Staat, dem Königshaus und privaten Sponsoren finanzierten Concours. Ihr zur Seite steht Graf de Launoit, ein hagerer Geschäftsmann, der sich für einen Monat die aristokratische Freiheit nimmt, ausschließlich dem Wettbewerb beizuwohnen. Sein Großvater, ein enger Freund der Königin, gehörte zu den Grauen Eminenzen des Concours, und die Familie Launoit ist noch heute einer der wichtigsten Sponsoren. 1937 wurde die Idee der musikbegeisterten Königin Elisabeth und ihres Kapellmeisters Eugène Ysayes zum ersten Mal in die Tat umgesetzt. Den ersten Preis des Violinwettbewerbs – damals noch „Concours Eugène Ysayes" genannt – gewann ein junger Mann namens David Oistrach. Auch im zweiten Jahr kürte man einen Künstler, der Musikgeschichte machte: Emil Gilels. Der Krieg unterbrach die Initiative, die erst 1950, nun unter dem Namen der Königin Elisabeth wiederaufgenommen wurde. Seither widmet sich der Wettbewerb abwechselnd der Violine, der Komposition, dem Klavier und neuerdings auch dem Gesang.

Renommiert ist der Brüsseler Concours auch für die Zusammensetzung seiner Jury. Meist entscheiden mehr als zwanzig Juroren. Darunter viele ehemalige Brüsseler Preisträger. Die Größe der Jury begünstigt eine fast schon demokratische Gerechtigkeit. Manipulation und Kungelei werden allein durch die Quantität der Urteile erschwert. Hinzu kommt die gleichsam sterile Arithmetik, die in Brüssel gepflegt wird. Ein Juror gibt in geheimer Wahl für jeden Kandidaten nach jeder Runde Punkte zwischen null und hundert. Während der ganzen vier Wochen wird kein einziges Mal gemeinsam über die Pianisten diskutiert. Offiziell dürfen die Mitglieder des Gremiums nicht einmal zusammen reden. „Was in einer Kneipe unter vier Augen geschieht, steht auf einem anderen Blatt", erzählt ein Klavierstimmer von Steinway.

Der in Hannover und Salzburg lehrende Klavierprofessor

Karl-Heinz Kämmerling, der nahezu schon in allen Jurys der großen Wettbewerbe saß, hält das Brüsseler Bewertungssystem für eines der gerechtesten: „Der einzige Aspekt, den ich nicht ganz ideal finde, ist die unabhängige Bepunktung der einzelnen Runden. In Warschau werden die Punkte aller Durchgänge für das Endergebnis zusammengezählt, in Brüssel ist immer nur die Leistung der jeweiligen Runde entscheidend."

Markus Becker kommt nicht weiter. In der zweiten Runde – jeder Pianist verfügt nun über fünfzig Minuten – hat er im ersten Satz der Pflichtsonate von Mozart eine Konzentrationsschwäche. Danach spielt er nur noch auf Sicherheit. Ein etwas gequältes Lächeln auf der Bühne. Drei Tage später reist er ab. Langsam profilieren sich die ersten Publikumslieblinge, das Getuschel über Favoriten beginnt. Besonders umschwärmt von Journalisten und Besuchern ist der erst achtzehnjährige Russe Alexander Melnikow. Mit bleichem Antlitz starrt er in die Leere und entlockt dem Flügel wildromantische Töne, ein poetischer Mozart, schmerzerfüllte Vorhalte, eine funkensprühende Prokofjew-Sonate. Über Nikita Magaloffs Gesicht fliegt ein versonnenes Lächeln. „So muß der junge Horowitz gespielt haben", schwärmen mütterliche Damen später beim Champagner. Wie Liszt in seinen wildesten Jahren beugt, streckt und windet sich der Tscheche Igor Ardasev über die Tastatur. Ein Besessener: Seine Phrasierung, seine Pausen, seine morbiden Melodien verströmen fast schon pathologische Intensität. Am Ende taumelt Ardasev von der Bühne. Mit Siegerpose dagegen beherrscht der Amerikaner Brian Ganz die Bühne: technisch brillant, perfekt, begeistert und begeisternd. Einen überraschenden Akzent setzt der unauffällige, junge Franzose Frank Braley, der sein Programm als einziger mit dem schlichten Mozart-Menuett beendet – statt virtuosem Effekt ein geflüstertes Ausrufezeichen. Insgesamt enttäuscht die zweite Runde, entspricht nicht den im ersten Durchgang geweckten Erwartungen. Daß am Ende sogar ein ziemlich blaß spielender Belgier ins Finale weiterkommt, wird als diplomatische Pflichtübung kritisiert.

Mit Ende der zweiten Runde tritt der Wettbewerb in seine heiße Phase – für Teilnehmer und Publikum. Die zwölf Finalisten tauchen der Reihe nach für eine Woche in der Chapelle Reine Elisabeth unter. Die vielleicht berühmteste Besonderheit des Brüsseler Wettbewerbs: Das nahe dem Schlachtfeld von Waterloo in einem klingsorhaften Zaubergarten gelegene weiße Art déco-Gebäude wurde 1939 von der Königin errichtet. Während des Jahres ist es eine Art Musikinternat, in dem zwölf Stipendiaten exklusiven Privatunterricht erhalten. In den Tagen vor dem Wettbewerbs-Finale studieren die erwählten Pianisten hier ein zeitgenössisches Pflichtwerk ein, das von dem Sieger eines zuvor veranstalteten Kompositionswettbewerbs stammt. Der Name des Künstlers wird streng geheimgehalten, bis alle Laureaten in die Chapelle eingezogen sind. Keiner soll sich länger vorbereiten können. Die Isolation in der Chapelle wirkt strikter als im Gefängnis. Kein Besuch, kein Brief, nicht einmal ein Telefongespräch dürfen die Musiker während der sieben Tage hier empfangen. In den schallisolierten, holzgetäfelten Appartements stehen nur ein kleines Bett und ein großer Flügel. Stacheldraht, Schranken – das Areal ist abgeriegelt wie militärisches Sperrgebiet. Der psychische Druck in dieser Enklave potenziert sich selbst. Manche leiden darunter, werden depressiv oder nervös, andere genießen es: „Ich bin traurig, daß es vorbei ist. Eine Woche ohne Telefon, ohne lästige Nebensächlichkeiten, nur Musik und Spaziergänge durch den wunderschönen Garten – die Chapelle war wie eine einsame Insel in diesem ganzen Wettbewerbsstreß", erzählt der Russe Sergej Babayan hinterher.

Der Kontrast ist um so größer, wenn sich die Pianisten kurz darauf buchstäblich im Fadenkreuz der Kameraobjektive wiederfinden. Die Konzerte des Finales sind vor allem Medienspektakel. Den großen Saal des Palais des Beaux Arts hat man dafür zu einer Art Fernsehstudio umgerüstet. Elf Kameras sind im Zuschauerraum und auf der Bühne postiert. Eine Woche lang werden die Konzerte vom flämischen und frankophonen Fernsehen live übertragen. In den Logen links und rechts der Bühne moderieren die Sender zwischen jedem Stück Diskussionsrunden mit Fachleuten. Auf den Rängen haben sich Radiosender installiert. Kommentatoren berichten über den Stand der Dinge mit dem Pathos von Fußballreportern. Jeden Abend spielen zwei Kandidaten, insgesamt fast vier Stunden lang. Eintrittskarten sind Statussymbole der Bourgeoisie. Dabeisein ist alles. Die Masse verfolgt das Geschehen im Fernsehen. Die Stimmung erinnert an Bayreuth: In jedem Café wird mit Begeisterung gefachsimpelt. Zeitungen und Zeitschriften geben Sondernummern über den Wettbewerb heraus. Taxifahrer offerieren bereitwillig einen detaillierten Lagebericht. Aus der erhöhten Temperatur ist ein Musik- besser ein Wettbewerbsfieber geworden.

Nach dem Konzert des letzten Kandidaten zieht sich die Jury zur ultimativen Punktezählung zurück. In den umliegenden Kneipen steigt noch einmal der Umsatz. Zwei Stunden später, kurz vor halb zwei Uhr morgens, wartet ein völlig überfüllter Saal auf die Ergebnisse. Die meisten Wetten für den ersten Preis lauten auf Brian Ganz, den jungen Melnikow oder Prutsman, Endlich nimmt die Jury – während der letzten Woche im Smoking – an einem langen Tisch auf der Bühne Platz. Der Präsident greift zum Glöckchen, umständliche Floskeln zuerst auf Niederländisch, dann in Französisch, schließlich der Name des Siegers: Frank Braley.

Rund zehn Minuten dauern Applaus und Bravo-Chöre. Der Sieger tappt wie benommen zwischen Fotografen und Fernsehkameras über die Bühne. Die Jury-Entscheidung hat viele – angenehm – überrascht, am meisten den Gewinner selbst. Um so größer ist die Freude über die Entscheidung – in Brüssel keine Selbstverständlichkeit. In den siebziger Jahren soll es bei Proteststürmen sogar Handgreiflichkeiten gegeben haben, wenn das Publikum mit den Urteilen nicht einverstanden war.

Der Brüsseler Concours bekennt sich zu dem sportlichen Charakter eines Wettbewerbs. Den verbreiteten Vorwurf, der Wettbewerb entwerte sich selbst durch das Prinzip, jedesmal einen ersten Preis zu vergeben (was etwa in Warschau und beim Münchener ARD-Wettbewerb keineswegs üblich ist), weist Madame Ferrière mit einem entsprechenden Hinweis zurück: „Die Kandidaten, die sich Monate lang vorbereiten, unterziehen sich hier einer harten, sportähnlichen Konkurrenz, also haben sie auch das Recht auf eine sportliche Bewertung. Es gibt immer einen Besten. Und bei einer Olympiade wird ja auch die Goldmedaille vergeben, obwohl der Gewinner vielleicht nicht den Weltrekord gebrochen hat."

Selbst der Medienrummel ist in Brüssel konsequent: wenn schon Spektakel, dann so, daß es den Teilnehmern etwas bringt. Und wer hier gewinnt oder einen der vorderen Plätze unter den zwölf Laureaten einnimmt, dem sind Vertragsangebote der großen Konzertagenturen und Plattenfirmen sicher. Doch der Sieg ist kein Karriere-Garant, nur eine Chance, die mancher nützt und die viele verspielen.

Der Gewinner ist der Held. Und die Öffentlichkeit erhebt Anspruch auf ihren Heroen. Frank Braley gehört in den nächsten Tagen jedem, nur nicht mehr sich selbst. Er ist überall: bei der Königin, beim Premierminister, in der französischen Botschaft, auf den Titelseiten aller Zeitungen, im Radio, im Fernsehen, das die Abendnachrichten mit einem Braley-Interview eröffnet. Der Franzose mit den langen, rotbraunen Locken scheint immun gegen die Verlockungen des schnellen Ruhms. Er bleibt nüchtern und bescheiden, geehrt, aber letztlich unbeeindruckt. Es ist sein erster Wettbewerb überhaupt. Aber er bewegt sich und spricht, als hätte er alles schon einmal erlebt. Sein Verhalten ist wie sein Mozartspiel: traumwandlerisch.

Sponsorenempfang in einem Brüsseler Feinschmeckerrestaurant: Ein Schweizer Uhrenfabrikant wird den Sieger in Zukunft finanziell unterstützen, denn auch die Musik sei schließlich eine Frage des richtigen Timings. Joviale Tischreden, über das langjährige musikalische Engagement der Firma, die kulturelle Verpflichtung und die herausragende Leistung des jungen Virtuosen. Als man Frank Braley das Wort erteilt, grinst der nur und sagt einen einzigen, ängstlichen Satz: „Mein Erfolg kommt mir vor wie ein Soufflé. Und das fällt bekanntlich schnell zusammen."

Auch Gerhard Oppitz spricht skeptisch über Wettbewerbe. Dabei saß er selbst schon in der Jury des Chopin-Wettbewerbs in Warschau, dabei gehören Schüler von ihm immer wieder zu den Kandidaten in Brüssel, dabei bekam seine eigene Karriere den entscheidenden Impuls, als er 1977 den ersten Preis des Artur-Rubinstein-Wettbewerbs in Tel Aviv gewann. Es bleibt eine symptomatische Haßliebe. Und der Musiker selbst erkennt die notwendige Schizophrenie: „Wettbewerbe besagen oft wenig über die künstlerische Qualität eines Pianisten, aber als Sprungbrett für eine Karriere sind sie unverzichtbar. Mit diesem Widerspruch muß ein junger Künstler wohl leben. Und das Beste daraus machen: gewinnen."

Adresse: 20 Rue aux Laines, Tel.: 5 13 00 99

Schokoladen-Soziogramm – Pralinen für alle. In dem kleinen Flughafengebäude von Honiara auf den Solomoninseln ist nicht viel los. Der Duty-free-Shop auf diesem vom Tourismus noch weitgehend verschonten Südseeatoll hat wirklich nur das nötigste: Zigaretten, Whisky, Gin, ein paar Parfüms und – belgische Pralinen. Ich traue meinen Augen nicht: die berühmten Meeresfrüchte, Muscheln verschiedenster Form aus weißer und brauner Schokolade. Chocolats belges steht auf der Packung gleich in vier Sprachen übersetzt, originalverpackt in Brüssel. Auf dieser Südpazifik-Reise sollte das nicht die einzige Begegnung mit belgischen Süßigkeiten bleiben: In Port Moresby auf Papua-Neuguinea lagen die Meeresfrüchte ebenfalls im nicht eben umfangreichen Sortiment, und im australischen Brisbane gab es sogar Godiva, gleichsam blaublütigster Adel im Gotha belgischer Schokoladen-Aristokratie.

Belgische Pralinen haben ein Gütesiegel, ähnlich deutschen Autos, englischem Tuch und italienischer Pasta. Nicht nur in London, Frankfurt, Rom und Paris (direkt neben der Oper) bekommt man sie, bis in die Südsee und in den Urwald hat sich ihr unwiderstehlicher (und in den Tropen verhängnisvoller) Schmelz herumgesprochen. Dabei ergeht es ihnen grundsätzlich anders als etwa neapolitanischer Pizza, die überall auf der Welt besser zubereitet und lieber gegessen wird als in Neapel. Brüssel ist und bleibt das Dorado der Schokophilen, was Produktion und Konsum betrifft. Mit einem durchschnittlichen Pro-Kopf-Verbrauch von zwölfeinhalb Kilogramm Pralinen im Jahr halten die Belgier den Rekord in Europa – und vermutlich weltweit, wenn man amerikanische Zuckrigkeiten ausnimmt. Pralinen sind in Brüssel nicht so sehr das sündige Pläsier betagter Damen, sondern gesellschaftliches Allgemeingut – allerdings auf verschiedenen Ebenen. Der Arbeiter auf der Straße ißt sie zur Brotzeit aus der Tüte, die Comtesse reicht sie zum Diner auf dem Silbertablett. Gemeinsam freilich haben die verschiedenen Konfektsorten nur, daß sie allesamt besser sind als deutsche, französische oder italienische Erzeugnisse (allein die Schweizer sind mit ihren legendären Truffes du jour von Sprüngli ernstzunehmende Konkurrenten).

Pralinen sind in Belgien ein beliebtes, vielleicht das beliebteste Mitbringsel. Wie Blumen kommen auch sie nie aus der Mode. Und ähnlich der Blumensprache existiert in Brüssel eine Pralinensprache. Die Nuancen zwischen einem unter Berücksichtigung pesönlicher Vorlieben ausgesuchten Sortiment weißer Crème-fraîche-Pralinen und Aprikosen-Trüffel von Corne de la Toison d'Or oder der Standard-Zweihundertfünfzig-Gramm-Packung einer namenlosen Touristen-Abfüllanlage nahe der *Grand Place* entsprechen etwa dem Spektrum zwischen fünfzig roten Rosen und fünf Astern aus dem Blumenautomaten. Unabhängig von der Quantität und der emotionalen Intensität eines Pralinen-Präsents entschlüsselt sich dem süßigkeitenfixierten Beobachter der Brüsseler Genuß-Gesellschaft schnell ein unverrückbares Schokoladen-Soziogramm. Die selbst in Honiara verfügbaren Meeresfrüchte – Massenware vom Fließband – rangieren auf der Skala sehr weit unten. Nur noch die „Fakes" der großen Chocolatiers, verramscht in den Souvenirgeschäften um das Manneken-Pis herum, sind verpönter. In der soliden Mittelklasse bewegen sich die Produkte der griechischen Einwanderer Daskalides und Leonidas. An den Verkaufsständen von Leonidas – den Benettons unter den Zuckerbäckern – stehen die Menschen fast zu allen Tageszeiten Schlange. Das Preis-Leistungs-Verhältnis ist sensationell, weshalb Pralinen dieser Kaste in Brüssel auch gerne gleich in der Kilo-Kiste (zu rund 18 Mark) gekauft – und innert Tagen verzehrt – werden. Mehr als das Doppelte, teilweise das Dreifache bezahlt man für die gleiche Menge der Pralinen-Upper-Class. Mary, Corne porte Royal und Godiva, die Confiserie mit dem besten Marketing und den süßesten – manchmal zu süßen – Rezepten, läßt man sich in den besseren Kreisen auf der Zunge zergehen.

Etwas heruntergekommen ist in letzter Zeit das belgische Traditionshaus Wittamer an der Place Sablon. Pralinen sind in Belgien generell größer als überall sonst auf der Welt. In eine Komposition aus weißer Schokolade, Krokant, Nougat und Grand-

Marnier-Trüffelcreme kann man getrost drei Mal beißen. Bei Wittamer aber sind Torten und Gebäck so groß wie Pralinen, Pralinen dagegen so teuer wie Torten. Die markanten und zweifellos sehr schicken weiß-roten Verpackungskästchen sind Prestigeobjekt. Mitunter gewinnt man den Eindruck, als würde so mancher bei Wittamer nur deshalb ein einsames Stück Kuchen kaufen, um danach seinen Einkaufsbummel mit dem Pappkästchen in der Hand fortzusetzen. Wittamer ist der Cartier unter den Süßwarenhändlern. Aber als wirklich exklusiv wird erst der angesehen, der jeden Tag seine Frühstückscroissants von Wittamer bezieht.

Die unangefochtene Graue Eminenz der Branche freilich bleibt Neuhaus. Der aus dem schweizerischen Neuchâtel eingewanderte Jean Neuhaus ist eine Art Übervater der ganzen Zunft. 1857 eröffnete er in der Galerie de la Reine – einer der ältesten Ladengalerien Europas – ein Geschäft, das besonders süße Hustenbonbons verkaufte. Sein Sohn Fréderic begann dann um die Jahrhundertwende, die ersten Schokolade-Pralinen mit aus Zentralafrika importierten Kakao-Bohnen herzustellen. Die Keimzelle der Schokoladendynastie Neuhaus, der kleine Laden in der Galerie, ist noch heute in Betrieb. Mit seinem unberührten, museumsreifen Interieur ist das Geschäft auch für den sehenswert, der sich die Zuckerkunstwerke nicht leisten möchte. Stilechter läßt sich Confiserie nicht erstehen. Die Pralinen werden nur mit weißen Handschuhen von soignierten Damen auf individuellen Wunsch sortiert. Über jedes einzelne Stück kann man hier vorher diskutieren, ob die Mandelcreme mit schwarzer Schokolade oder lieber mit brauner zu empfehlen sei, welchen Armanac man für diese Trüffelcreme verwendet habe, wie es in dieser Saison mit den kandierten Kastanien stehe, und ob die Haselnuß-Crème-fraîche noch immer mit einer Schicht hellen Nougats unterlegt sei.

Wem die hohen Preise und der ganze Kult um ein bißchen Kakaomasse übertrieben scheint, dem sei als Einstiegsdroge ein Sortiment weißer Pralinen von Leonidas empfohlen, 250 Gramm, nur gemischte Weiße. Alles weitere erübrigt sich.

Adressen: Leonidas, Anspachlaan 46; Godiva, 22 Grand Place; Corné de la Toison d'Or, 24 Galerie St. Hubert; Mary, Koningstraat 180; Neuhaus, 22 Galerie St. Hubert; Wittamer, 12 Place du Grand Sablon.

Sündenbock EG – warum Eurokraten so unbeliebt sind.

Brüssel ist teuer. Angeblich die dritteuerste Metropole Europas, so hat eine deutsche Erhebung ergeben. Nach einer Londoner Umfrage unter fünfhundert europäischen Führungskräften liegt Brüssel unter den favorisierten Standorten als „politisches Zentrum" noch vor Berlin, London und Paris an erster Stelle. Und die Immobilienfirma Jones Lang Wooton kam sogar zu dem Ergebnis, „daß der Immobilienmarkt in der belgischen Hauptstadt eine rasante Entwicklung durchmacht, die in Europa lediglich noch mit Barcelona und Madrid vergleichbar" sei. Entsprechend gestiegen sind in den neunziger Jahren die Mieten. Bisheriger Rekord: allein in zwei Jahren um hundert Prozent.

Bei der einheimischen Bevölkerung jedoch weckt der Magnet EG keineswegs nur freundliche Gefühle. Wenn irgendwo in der Stadt ein Auto mit dem den EG-Beamten entlarvenden „Europa-Nummernschild" abgeschleppt wird, löst das bei belgischen Passanten nicht selten unverhohlene Schadenfreude aus. Die Berufseuropäer gelten vielen als Auslöser und Alleinschuldige der unkontrollierten Immobilienspekulation. Die „Eurokraten" erst hätten den hypertrophen Wohnungs- und Büro-Bedarf geschaffen, schimpfen alte Brüsseler. Etwa 14 000 Menschen sind bei den EG-Institutionen beschäftigt. Selbst wenn man Familienangehörige dazurechnet, sind das nicht mehr als rund zwei Prozent der Stadt-Bevölkerung. „Ihnen die alleinige Schuld an dem Bauboom zu geben, wäre absurd", sagt Hervé Cnudde, Direktor des „Atelier de Recherche et d'Action urbaines" (Arau), einer Organisation, die gegen die Zerstörung von Baudenkmälern und rücksichtslose Immobilienspekulation vorgeht.

Zweifellos aber tragen die Beschäftigten der internationalen Institutionen – einschließlich Lobbyisten und Diplomaten und nicht zuletzt der Nato – wesentlich dazu bei, die Mieten in die Höhe zu treiben. Meist auf eine schnelle, vom Arbeitgeber bezahlte Unterkunft angewiesen und obendrein mit üppigen Gehältern und Steuererleichterungen ausgestattet, spielt bei ihnen Geld (fast) keine Rolle. Viele Brüsseler können da nicht mehr mithalten und werden aus ihren alten Wohnungen und Büros verdrängt.

Bei fundamentalistischen Flamen und Wallonen werden die Eurokraten und andere Mitarbeiter internationaler Institutionen so zum neuen Feindbild. Sie seien, da sind sich extrem linke und extrem rechte Aktivisten einig, nicht nur verantwortlich für die explodierenden Mieten, sondern auch für die architektonische Unwirtlichkeit der Stadt. „Die blinde EG-Begeisterung bringt erst die Spekulation in Brüssel in Gang. Weil man sich von dem Standort endloses Wachstum verspricht", schimpft ein wallonischer Waffelverkäufer, „ohne die Bürokratenflut würden diese schrecklichen Büro-Bunker hier gar nicht erst hochgezogen. Europa verschandelt unser Stadtbild." Andere haben existentiellere Sorgen: „Die Europabeamten haben die Preise so hochgetrieben, daß meine drei verlobten Kinder nicht heiraten können. Sie können es sich nicht leisten, hier in einem eigenen Haushalt zu leben", klagt ein Familienvater aus Overijse. Zwanzig Prozent der Einwohner des zur Agglomeration Brüssel gehörenden Vorortes sind Berufseuropäer. „Wir werden langsam zu Außenseitern im eigenen Land."

Doch wer die Klage versteht, muß die Anklage nicht teilen: Viele Probleme, von der Mietexplosion bis zum Verkehrskollaps, die Brüssel mit jeder wachsenden Großstadt gemeinsam hat, werden gerne vom Grundsätzlichen auf das Spezielle reduziert, so als müsse die EG nur nach Bonn umziehen und alles wäre wieder in Ordnung. Die EG ist der beliebteste Sündenbock. Und mitunter entlarvt sich auch ein für Belgien nicht ganz untypischer Hang zum Provinzialismus: Europäische Hauptstadt hin und oder her, man hat es eigentlich lieber klein und gemütlich.

Tafeln bei Wynants – warum das „Comme chez soi" Brüssels berühmtestes und teuerstes Restaurant bleibt. Bayern München spielt gegen Anderlecht. Brüssel fiebert. Vor allem Pierre Wynants. Mit der Münchener Mannschaft ist auch Eckhart Witzigman in die belgische Hauptstadt gekommen. Zwei Fußballfans, die zufälligerweise die wohl berühmtesten nichtfranzösischen Köche Europas sind. Nach dem Spiel gehen die beiden Küchen-Künstler essen. Das „Restaurant" heißt Friture. Das Menü: Pommes mit Mayonnaise.

Eine kokette Inszenierung? Pierre Wynants ist es ernst mit seiner Liebe zum Fußball. Dank Videorecorder verpaßt er kaum ein Spiel. Und wenn Anderlecht gewinnt, kommt die Mannschaft in sein Restaurant, um zu feiern. Noch ernster aber ist es ihm mit den *Fritten*: „Eine wunderbare Sache, wenn sie gut gemacht wird. Jedesmal, wenn ich auf den Fußballplatz gehe, esse ich Frites. Ich mag das wirklich." Die Arroganz des kulinarischen Snobs ist ihm fremd. Im Geburtsland der Pommes frites sind die Kartoffelstäbe nicht nur eine Delikatesse, sondern eine Selbstverständlichkeit – auch in Wynants Drei-Sterne-Restaurant, wo kleine, goldbraun knusprige Mini-Fritten so manches Hauptgericht begleiten.

Comme chez soi, „wie bei sich" oder „wie zu Hause" – auch der Name des Etablissements ist kein ironisches Understatement. Ein Feinschmecker-Tempel der einschüchternd heiligen Sorte war es noch nie, und auch ein schicker Laufsteg für exzentrische Teller-Moden wollte es nicht sein. Freunde der Erlebnisgastronomie kommen hier nicht auf ihre Kosten. Zuverlässig, gediegen, traditionell – im allerbesten und gehobensten Sinne belgisch-bürgerlich ist diese Küche. Im Comme chez soi ißt man tatsächlich wie zu Hause – nur bedeutend besser.

Den Wunsch, daß ein guter Koch sich in die Töpfe gucken lassen müßte, hat Pierre Wynants wörtlich genommen. Seit 1988 empfängt er einen Teil seiner Gäste auch direkt neben dem Herd. In Brüssel gilt das Tafeln „in der Küche" als dernier cri.

Vor einer Wand mit Unterschriften internationaler Zelebritäten sitzt man in einem schmalen Gang an großzügigen Tischen – mit Blick auf das von dem Patron perfekt choreographierte Ballett der dreizehnköpfigen Equipe. Jede Bewegung scheint genauestens einstudiert. In rasendem Tempo laufen die weißgewandeten Superzungen durcheinander, jonglieren Töpfe oder Teller und stoßen doch nie zusammen. Es dampft und duftet. Mit großen Gesten und Messern wird das Geflügel präpariert, possierlich drapiert ein Kollege die Früchte auf den Dessertstellern, mit kleinen Löffelchen goutiert der Meister die Saucen. Rauh und laut tönen seine Zurufe durch den Raum. Seine Truppe beherrscht Wynants wie ein kulinarischer General. Unruhig und laut geht es zu, dafür aber spannend wie im Theater. Und wer einmal erlebt hat, wie viele Arbeitsgänge, wieviel sekundengenaues Timing, Fingerspitzengefühl und Liebe dazu gehören, Wynants Fasan mit Sellerie und Maronen auf den Teller zu zaubern, der versteht ihn vielleicht etwas besser, den Begriff von der Kochkunst.

„Le goût", sagt Pierre Wynants, so, daß einem allein schon beim Zuhören das Wasser im Mund zusammenläuft, „der Geschmack ist das einzige was zählt". Le goût ist überhaupt sein Lieblingswort. Immer wieder beginnen und enden seine Sätze damit, die er behutsam und mit einem ganz leicht flämisch gefärbten Französisch formuliert. Le goût, das ist das A und O, Wynants Amen in der Küche.

Wenn er dieses Wort ausspricht, wenn er von dem Geschmack einer Sauce, einer besonders zarten Foie gras oder einer getrüffelten Jakobsmuschel schwärmt, beginnen die Augen des sonst regungslosen, nüchternen, fast zu nüchternen Mannes hinter den Brillengläsern zu flackern. Doch sofort wird er wieder sachlich, antwortet und erklärt in seinem kleinen Empfangsraum neben der Küche was immer man wissen will – mit der Aura eines Steuerberaters. Skeptisch denkt Pierre Wynants über die Übertreibungen der Nouvelle cuisine nach. Er hat sie nie wirklich mitgemacht, darum muß er sich heute nicht verändern oder verleugnen. „Wir sind eine klassische Küche, so leicht wie möglich, aber so schwer und gehaltvoll wie nötig. Alles andere ist

Geschmackssache." Dieser Mann hat keine Ideologien, Philoso-
phien, Theorien, seulement „le goût".

Das Comme chez soi liegt an der Place Rouppe mitten in der
Brüsseler Altstadt, unweit des Quartier *Marolles*. Zwischen
Trödelgeschäften und einfachen Straßencafés findet man den
Eingang zu dem schmalen, vierstöckigen Bürgerhaus, dessen
Küche mehr als dreimal so groß ist wie das Speisezimmer. Pier-
res Großvater, zuvor im Kohlebergbau tätig, hatte hier 1926 eine
einfache Gaststätte eröffnet. Seine Spezialität war Matjeshering.
Den gibt es immer noch im Comme chez soi: als amuse geule.

Den Ruf des Hauses aber begründete Pierres Vater Louis, der
das Etablissement als gelernter Metzger und autodidaktischer
Koch übernahm. Mit manischem Ehrgeiz wandelte er das Comme chez soi vom Bistro zum Feinschmeckerrestaurant. Als guter
Koch, exzellenter Weinkenner und noch besserer Restaurant-
Manager wurde Louis Wynants in der belgischen Gastronomie-
szene zur zentralen Figur – nicht zuletzt als Gründer der Vereinigung „Maitre de Sommelier". „Mein Vater war ein sehr stren-
ger, strikter, autoritärer Mensch, ein bißchen deutsch wohl",
erinnert sich Pierre Wynants und lacht. „Aber diese Eigenschaften sind sehr wichtig, um ein Haus auf ein hohes Niveau zu bringen und es dort zu halten."

Die Erfolgsgeschichte des Comme chez soi ist kein „american
dream", sondern eine handfeste Familien-Saga. Pierre Wynants
berufliche Zukunft stand von Anfang an fest: „Ich sollte und
wollte immer Koch werden. Wenn man in einem Restaurant auf-
wächst – und ich habe vermutlich mehr Zeit auf dem Küchen-
tisch verbracht als im Kinderzimmer – dann wird das zu etwas
ganz Natürlichem. Als ich drei war, die Küche war zehn Mal so
klein wie jetzt, habe ich schon die Servietten gefaltet." Aber auch
wenn ihm die Gastronomie in die Wiege gelegt wurde, ein kuli-
narisches Wunderkind war Pierre Wynants keineswegs. 1953 –
im gleichen Jahr als sein Vater vom Guide Michelin mit dem ersten Stern belohnt wurde – trat der 1939 geborene Sohn in die
Brüsseler Hotelfachschule ein. Drei Monate später wurde er
wieder rausgeschmissen. Noch heute kann man den Brief lesen,
in dem der Direktor Herrn Wynants davon in Kenntnis setzt,

daß sein Sohn absolut „keine Begabung für das Kochen" habe. Heute gereicht's dem Erfolgreichen zur höheren Ehre, wie einem genialen Komponisten die Ablehnung vom Konservatorium.

Damals ging der Geschmähte in die Küche des „Savoy", neben dem „Carlton" das zweite große Brüsseler Hotel. Dort lernte er von Maixent Coudroy die Funktionsweise einer großen Brigade und viel über die klassische französische Kochkunst. Nach dem Wehrdienst als Schiffskoch arbeitete Wynants bei Raymond Henrion in der „Moulin Hideux", später in Paris bei Raymond Oliver im „Grand Véfour" und im „Tour d'Argent" unter Claude Terrail. Fünf Jahre lang habe er damals keinen Tag Urlaub genommen. „Ich wollte so viel wie möglich profitieren von diesen Lehr- und Wanderjahren."

1961 ging er zurück nach Brüssel in die Küche seines Vaters, den er auch heute noch als wichtigsten Lehrer bezeichnet. 1966 wurde das Team mit zwei Michelin-Sternen ausgezeichnet, 1979 – dem zufälligen Dreizehn-Jahres-Rhythmus treu bleibend – erhielt das Comme chez soi den dritten étoile.

Alleinverantwortlich war damals schon Pierre Wynants, der das Familienunternehmen 1973 übernommen und seither zielstrebig in die Spitzengruppe der zwölf höchstbewerteten Restaurants der Welt geführt hat. Preise und Medaillen kann er kaum noch zählen. 1984 verlieh auch der Gault Millaut seine rare Bestnote.

1988 präsentierte Pierre Wynants gemeinsam mit seiner Frau Marie-Thérèse, die alle organisatorischen Dinge außerhalb der Küche in die Hand nimmt, die neue Inneneinrichtung des Restaurants. Das Interieur ist seither eine stilechte Huldigung an den belgischen Jugendstilarchitekten Victor Horta. In floralen Ornamenten schwelgen Stühle, Bänke, Spiegel, Bilder und die Muster der Glasdecke. Konsequent vom Treppengeländer bis zur Garderobe ist das schwerelose, unverwechselbar Brüsseler Ambiente durchdacht. Selbst das große Fenster zur Küche, das jedem Gast Einblick in die Töpfe (und dem Cuisinier einen Blick auf die Tische) gewährt, ist nach Art des Art Nouveau dekoriert. Zwei Jahre Recherche „und viel Geld" seien für die Arbeiten nö-

tig gewesen, „aber wir hatten nur fünf Wochen geschlossen",
sagt der Besitzer stolz.

„Für ein Restaurant sind nicht nur die Rezepte entscheidend,
auch die Organisation", erklärt Monsieur Wynants und verweist
wieder auf das Vorbild seines Vaters. Dabei verdankt er ihm
auch konkrete Küchenanregungen. Zwei Klassiker, die den
Ruhm des Hauses begründeten, werden noch heute genau nach
dem übermächtigen Louis gekocht: Filet de Sole mit einer un-
wirklich leichten Riesling Mousseline und das Filet de Sole car-
dinal mit Hummer-Medaillon und einer Hummer-Tomaten-
creme.

Unverändert bleiben auch Schinkenmousse aus den Ardennen, heiße Austern mit Chicorée und Speckwürfeln oder „Grü-
ner Aal" auf seiner Karte. Belgische Spezialitäten, von denen er
sich nicht trennen möchte. Die Verfeinerung des ländlich Derben hat im Comme chez soi Tradition. Fanatischer Perfektionismus bestimmt die Dramaturgie der Menüs. Nur die Käseplatte
ist – wie fast überall in Belgien – etwas mager. Wer's weiß, bestellt einen herrlich überbackenen Weichkäse aus den Ardennen.
Die Portionen sind der Zahl der Gänge angepaßt, grundsätzlich
aber eher so, daß sie nach alter belgischer Tradition nicht nur
Gourmets, sondern auch Gourmands befriedigen.

Pierre Wynants Weinkeller umfaßt rund 35 000 Flaschen. Der
Schwerpunkt liegt auf Bordeaux – zu vergleichsweise moderaten
Preisen. Die Premier Crus und die großen Sauternes sind oft
–dank der Sammlung des Vaters – mit Jahrgängen bis in die
Zwanziger hinein vorrätig. Der große 61er fehlt fast nirgendwo.
Launen und Unvollständigkeiten behält man sich vor: Der un-
verzichtbare Pomerol Vieux Château Certan ist nur mit einigen
wenigen, relativ schwachen Jahrgängen vertreten, und das, obwohl – oder gerade weil? – sein Besitzer Belgier ist.

Der gefeierte Küchenchef ist kein exzentrisch genialischer
Kochkünstler, der mit dem magischen Ingenium seiner Zunge
„créiert", um zu verzaubern. Er begreift sich vielmehr als hoch-
motivierten Handwerker, der an seinen Vierzehn-Stunden-
Arbeitstagen versucht, seine Gäste bis zur wunschlosen Zufrie-
denheit zu verwöhnen. Privat wie professionell ist Pierre

Wynants ein Patriarch der alten Schule – mit einem ganz besonderen Verhältnis zum überlebensgroßen Vorbild des eigenen
Vaters. „Mein Lebensziel ist es, die Qualität, die mein Vater geschaffen hat, aufrecht zu erhalten, und das bedeutet: zu steigern.
Denn wer nicht weitergeht, fällt zurück."

Was ihn treibt? Ganz klar: der Rausschmiß aus der Hotel-
schule, der Vater und „le gôut".

Adresse: Rouppe Plein 23, Tel.: 5 12 29 21

Théâtre Royal de la Monnaie oder Die Opern-Revolution.

Brüsseler Opernpremieren sind gesellschaftliche Ereignisse von
einer Feierlichkeit, die deutsche Staatstheater wie Amtsstuben
erscheinen läßt. Ganz gleich ob Mozart oder John Adams auf
dem Programm steht – in den Pausen rauschen Sponsoren-Gat-
tinnen in langen Abendkleidern durchs Foyer, Herren im Smoking drängeln an der Champagner-Bar, und während sich lak-
kierte Fingernägel in Canapés graben und berufene Münder an
ihren Havannas saugen, moussieren amüsante Bemerkungen in
einem Geräuschmeer aus distinguiertem Lachen und vertrauli-
chem Raunen. Man spricht über die Extravaganzen der Couturiers, Führungskräfte diskutieren Personalfragen in der Finanz-
welt. Wohldosierter Klatsch. Wenn dann obendrein auch noch
König Baudouin samt seiner fragilen Gattin Fabiola in der Loge
gesehen wird, dann ist der Abend vollkommen: „J'adore
l'opéra", entfährt es einer Dame im plissierten Seidentaft. Dabei
meint sie eigentlich die Pause.

Die Brüsseler Oper ist wie ein schwer erziehbares Wunderkind. Und Belgien verhält sich wie eine Mutter, die auf das reni-
tente Genie stolz ist. Schließlich sorgt es ja auch für Glanz und
Gloire. Keine andere Kulturinstitution des kleinen Landes hat
international eine so große Ausstrahlung wie das Théâtre de la
Monnaie. Viele sehen in ihm „die zur Zeit wohl interessanteste
Opernbühne Europas", und Kritiker aus der ganzen Welt werden nicht müde, die aufregenden Premieren zu preisen. Mit
Superlativen wird nicht gegeizt. Eintrittskarten sind Statussymbole. Abonnements werden vererbt. Und Billets an der Abend-

kasse zu erwerben ist eine Kunst, die entweder besonders viel Geduld oder sehr gute Beziehungen erfordert.

Oper in der Mogelpackung. Das wird nirgendwo so deutlich wie in Brüssel, wo größtmögliche künstlerische Modernität mit größtmöglichem gesellschaftlichem Traditionalismus kollidieren oder eben nicht kollidieren, weil das eine ohne das andere hier nicht existieren kann. Der für den Aufstieg des Hauses verantwortliche Intendant Gerard Mortier jedenfalls war diplomatisch ebenso elegant wie in der Sache kompromißlos. Als er 1981 das marode und künstlerisch völlig provinzielle Haus als Intendant übernahm, öffnete der damals Achtunddreißigjährige jungen, experimentierfreudigen Regisseuren die Türen: Berühmt wurden in den Anfangsjahren vor allem – wen wundert's – die Mozartaufführungen. Regisseure wie Patrice Chéreau, Luc Bondy und Karl-Ernst Herrmann, ein junger französischer Dirigent namens Sylvain Cambreling und noch jüngere, begeisterte und begeisternde Sänger sorgten hier für ein von der Kritik dithyrambisch gefeiertes „Brüsseler Mozart-Wunder" – Bühnenbilder waren nur aus erlesensten Materialien; Design, Dramaturgie und Regie wurden in monatelangen Vorbereitungszeiten erarbeitet. Perfektionismus auf allen Gebieten – dazu eine höchst zeitgenössische Ästhetik und ein durchdachtes Repertoire. Das „Phänomen Mortier" war ein Idol im Reich der Melomanen. Bescheiden macht der promovierte Jurist auf einen Umstand aufmerksam, der vielen seiner Freunde und „Verfechter" entgangen zu sein scheint: „Im Grunde war das doch nichts wirklich Neues, was wir hier in Brüssel gemacht haben. Entscheidend war ein bestimmtes Arbeitsethos, das es schon in den zwanziger Jahren in Berlin und seither in einigen anderen Häusern gegeben hat."

Konkret heißt das: eine moderne, aber nicht modernistische Arbeitsweise, die die Werke von erstarrten Aufführungtraditionen befreit, eine völlige Gleichberechtigung von Musik und Szene, Zusammenarbeit mit experimentierfreudigen Regisseuren, ausführliche Proben mit allen Sängern und Abkehr von jedem inzestuösen Star-Zirkus. In anderen Worten: Schluß mit dem Rampensingen und dem mafiosen Geschiebe von Spitzentonproduzenten zu Spitzengagen. Oper als geistiges und ästhetisches Vergnügen, als gehaltvoller Genuß und nicht als MacMusiktheater.

Aber auch Mortiers Nachfolger Bernard Foccroulle, ein Wallone und laut Vertrag noch bis ins 21. Jahrhundert im Amt, ist ein Anwalt des Unbequemen: Die Stücke werden hier mit überwiegend jungen Sängern in oft monatelangen Proben einstudiert. Ungewöhnlich genug in Zeiten, wo international gefeierte Vokalisten mitunter nur ein paar Tage vor der Premiere einfliegen. Auch Regisseure wie Klaus Michael Grüber, Peter Stein und das amerikanische Enfant terrible Peter Sellars sind unter solchen Arbeitsbedingungen mit von der Partie bei dem musiktheatralischen Aufstand in der ehemals so muffigen Monnaie.

Ein Ort des Umsturzes ist die Brüsseler Oper allerdings nicht nur in künstlerischer Hinsicht. Als Symbol der Revolution rechtfertigte sie in Belgien im Grunde schon zweimal ihren Ruf. Zum erstenmal 1830. Die Stimmung in den Vereinten Niederlanden war schlecht. So schlecht, daß König Wilhelm I. sogar die Aufführung der Oper „Die Stumme von Porticci" von Daniel François Esprit Auber verbieten ließ, weil er aufwieglerische Wirkungen fürchtete. Einmal verboten, machte das Werk – das Musikwissenschaftler obendrein der Gattung „Revolutions-und Schreckensoper" zurechnen – die nach Unabhängigkeit strebende Bevölkerung erst recht aggressiv, und als es am 25. August 1830 wieder in den Spielplan aufgenommen wurde, war nicht nur das Theater, sondern auch der Platz vor der Oper überfüllt. Die Revolte neapolitanischer Fischer begriff das Publikum als Metapher für die eigene Situation. Als im dritten Akt der Ruf „Zu den Waffen!" ertönte, explodierte die gestaute Aggression. Das Volk stürzte aus der Oper, stürmte den Sitz des holländischen Justizministers und des Polizeichefs. Die Revolution, die in der Oper begonnen hatte, führte zu einem freien Belgien, das schon am 4. Oktober des gleichen Jahres seine Unabhängigkeitserklärung unterschrieb.

Von nicht ganz so staatstragender Bedeutung, als Sinnbild gesellschaftlicher Veränderungen aber nicht minder interessant, war der Skandal von 1987. Damals nämlich verließ der südfranzösische Choreograph Maurice *Béjart*, der mit seinem Ballett des XX. Jahrhunderts rund drei Jahrzehnte „das" internationale Aushängeschild des belgischen Kulturlebens war, im Groll das Land und zog mit seiner Kompagnie nach Lausanne. Der offizielle Grund: Meinungsverschiedenheiten über Finanzen. Viel wichtiger aber dürfte gewesen sein, daß der flämische Operndirektor Gerard Mortier mit seiner Arbeit plötzlich mehr Aufsehen und Ruhm erntete als der Choreograph am gleichen Haus. Der Verdrängungskampf als Zeichen einer inneren Kräfteverschiebung: Nach Jahrzehnten, in denen die Kulturlandschaft eindeutig von den frankophonen Wallonen beherrscht wurde und Flamen entweder gar nicht oder nur als angepaßte Mitläufer figurierten, wirkte der Erfolg von Mortiers Opernpolitik wie ein Signal für die kulturelle Machtübernahme der niederländisch sprechenden Bevölkerung, die seit einigen Jahren quantitativ wie qualitativ die Kunst-, Ballett- und Theater-Szene dominiert. Ein Wandel, den Mortier nicht verursacht, aber verdeutlicht hatte. Die Oper als Politikum.

„La Monnaie, De Munt", singt die Telefonistin mit beschwingtem Sopran in den Hörer des Anrufers, um nur ja keine Ungerechtigkeiten aufkommen zu lassen. Denn mit den Folgen des immerwährenden Sprachenstreits hatte die Oper, die zum erstenmal 1682 auf dem Gelände einer ehemaligen Münzprägeanstalt errichtet wurde und seither diesen merkantilen Namen trägt, schon häufig zu tun. Obwohl das heutige Gebäude 1856 von einem flämischen Architekten, Joseph Polaert, entworfen wurde, spielte man im 19. Jahrhundert ausschließlich französischsprachige Opern. Werke von Massenet, Chabrier und Chausson wurden in Brüssel eher gezeigt als in Paris, und wer an der Seine etwas auf sich hielt, reiste zur Premiere nach Brüssel. Nach Jahrzehnten der Bedeutungslosigkeit im zwanzigsten Jahrhundert ist das heute zwar wieder so, dennoch geriet das Haus Mitte der achtziger Jahre in eine existentielle Finanzkrise. Sei es aus Neid oder aus falscher Sparsamkeit, man wollte dem flämischen Direktor der Nationaloper einen wallonischen Finanzdirektor als Kontrollkommissar an die Seite stellen, versprochene Subventionserhöhungen wurden nicht gewährt und sogar Etatkürzungen erwogen. Mortier pokerte hoch, drohte mit Kündigung – und gewann.

1987 setzte der neue Verwaltungsratsvorsitzende André Leysen durch, daß ein festes Jahresbudget vergeben wird, über dessen künstlerische Verwendung allein der künstlerische Direktor bestimmt. 1,1 Milliarden belgische Francs (rund 50 Millionen Mark) stehen insgesamt pro Spielzeit zur Verfügung. 800 Millionen davon sind Subventionen des Zentralstaats (und nicht der Gemeinde, wie bei allen anderen belgischen Kultureinrichtungen), 300 Millionen erlöst der Kartenverkauf. Drei Viertel des Budgets werden für Fixkosten, etwa die Gehälter der mehr als 400 Mitarbeiter, aber auch für Versicherungen aufgewendet, der Rest bleibt für die eigentlichen Produktionskosten, also für Gagen, Bühnenbild und Technik. 40 Millionen steuern private Sponsoren zusätzlich bei. Dem künstlerischen Direktor bleibt es überlassen, die Anzahl von aufwendigen Neuproduktionen und günstigeren Wiederaufnahmen pro Spielzeit zu bestimmen. „Nur so können langfristig interessante Spielplanakzente gesetzt werden. Künstlerische Arbeit braucht diesen Freiraum, eine Oper zu leiten ist nun einmal nicht das gleiche wie Versicherungspolicen zu verkaufen", erklärt André Leysen, der als ehemaliger Vorstandsvorsitzender von Agfa-Gevaert und Mitbesitzer der Tageszeitung „De Standard" im Aufsichtsrat verschiedener Unternehmen sitzt und nebenbei einer der einflußreichsten Drahtzieher im belgischen Kulturleben ist.

Seit Gerard Mortier als Nachfolger Herbert von Karajans die Geschicke der Salzburger Festspiele bestimmt, richtet sich das Interesse der belgischen Opernfreunde auf Bernard Foccroulle. Die Erwartungen, die an den jungen Mann aus Lüttich gestellt werden, sind groß, der Schatten, den sein Vorgänger wirft, scheint übermächtig. Foccroulle, der als Organist und Spezialist für Alte Musik kaum nennenswerte Erfahrungen im Opernfach besitzt, geht die Aufgabe mit unprätentiöser Ruhe und Gleichmut in den erneut aufgeflammten Finanz-Rangeleien an. Umgekrempelt hat er kaum etwas, vielleicht weil er weiß, daß die meisten Dinge hier nur zum Schlechteren gewendet werden könnten. Also Kontinuität, vielleicht etwas mehr Barockoper, noch mehr Zeitgenössisches und statt Mozart ein leichter Schwerpunkt auf Berlioz und die französische Romantik. Gemeinsam mit dem ebenfalls sehr jungen, von Daniel Barenboim protegierten Chefdirigenten Anthony Pappano, einem Publikumsliebling seit der ersten Vorstellung, vertraut er auf gesunden Menschen- und Musik-Verstand.

Das Haus ist in einem guten Zustand – künstlerisch und architektonisch. Mitte der achtziger Jahre erst wurde es für rund elf Millionen Mark umgebaut, moderne Foyers und einen neuen Bühnenturm hat man damals installiert. So präsentiert sich die Monnaie heute dem Auge des Besuchers in symbolträchtiger Zeitlosigkeit: Die Grundmauern und die klassizistische Fassade sind alt, das Dach und das Bühneninnere dagegen modern. Keine schlechte Mischung – für die Oper als Haus und als Gattung.

Adresse: Muntplein (Tel.: 2 19 63 41 oder 2 18 12 02)

Toone – die Marionettentheaterdynastie. Woltje ist Brüssels Kasperle. Die Figur mit der Schiebermütze im Pepitamuster, der schwarzweißkarierten Jacke, kurzen Hosen und roten Strümpfen und einem unsäglich frechen Gesichtsausdruck ist die berühmteste Marionettenfigur der Puppenspieler-Dynastie Toone. Woltje taucht in jedem Stück auf, ganz gleich ob in einer belgischen Lokalposse, den „Drei Musketieren" oder Goethes „Faust". Woltje – der running gag. Ursprünglich bedeutet Woltje „kleiner Wallone". Im Marionettentheater verkörpert er den Brüsseler Bengel, den unberechenbaren Lausbub schlechthin, gewitzt, frech und völlig respektlos. Woltje sagt, was er denkt, also meistens die Wahrheit. Was an den Höfen und im Shakespeare-Theater der Narr war, ist im proletarischen belgischen Puppentheater Woltje.

Schon von den Marionettenspielern Toone III., IV. und VI. wurde der pubertäre Spaßmacher immer wieder eingesetzt. Richtige Berühmtheit und größere Rollen aber erlangte er erst unter der Ägide von Toone VII., der das Marionettentheater seit 1963 leitet. Vor einigen Jahren durfte er dem *Manneken Pis* ein Kostüm dieses anderen Brüsseler Originals anlegen. Und sogar

der Comic-Zeichner Hergé soll bei der Gestaltung seines Bild-
streifen-Helden Tintin (oder Tim) von der Marionette inspiriert
worden sein.

Manchmal scheint es so, als habe sich Toone VII. alias José
Géal längst selbst in seine liebste Kunstfigur verwandelt. Etwa
wenn der Mann Abend für Abend die Holzstufen seines Theaters hinaufläuft, mit einer Glocke den Beginn der Vorstellung
einläutet und in vier bis fünf Sprachen sein Publikum begrüßt
und mit improvisierten, also fast immer anderen Witzen unter-
hält. Dann gleicht nicht nur die Pepita-Mütze dem Bengel Woltje, auch das verschmitzte Lachen und die listigen Augen erinnern an die Holzpuppe, die mittlerweile schon so berühmt ist,
daß eine mehr als drei Meter große Riesenversion immer wieder
auch bei Volksfesten und Straßenumzügen als Maskottchen eingesetzt wird. Woltje und Toone, zwei unzertrennliche Brüsseler
Originale.

Toone ist so alt wie Belgien. Die Puppenspielerfamilie, die
ihre Erben nicht immer nach den Gesetzen der Blutsverwandt-
schaft wählte, existiert genau wie das Land seit 1830. Im Jahr der
belgischen Revolution und Unabhängigkeit eröffnete ein vier-
undzwanzigjähriger Analphabet in dem Stadtteil *Marolles* ein
Marionetten-Theater, das mit seinen religiösen und von aktuel-
len politischen Anspielungen durchsetzten Stücken schnell zum
bevorzugten Zeitvertreib der Bevölkerung avancierte. Den Pup-
pentheaterdirektor Antoine Genty nannte jeder nur bei seinem
Vornamen, im Dialecte Bruxellois wurde aus Antoine Toone
(ebenso gesprochen wie geschrieben). Toone I. oder auch Toone
l'Ancien begründete den Namen und die Tradition einer Künst-
ler-Dynastie, die ihre Berufsgeheimnisse an sorgsam ausgewählte und vorbereitete Nachfolger weiterreichte wie Zauberer ihre
magischen Tricks.

Die drei Toones des neunzehnten Jahrhunderts spielten an
wechselnden Orten, meist in düsteren Kellern, das Marollenviertel jedoch verließen sie nie. Hier in dem ärmlichen Arbeiter-
viertel lebte ihr Publikum, das sich Karten in der aristokrati-
schen Oper oder dem elitären Theater nicht leisten konnte. In
einer Zeit ohne Fernsehen, Radio und Kino waren Puppenspiele

die Kultur des einfachen Volks. Die Theaterkeller in den kleinen schummrigen „Impasses", den Sackgassen der Marollen, dienten zur Unterhaltung, aber auch zur metaphorisch verkleideten – und damit unangreifbaren – Gesellschaftskritik. Das über weite Strecken von der Improvisation lebende Repertoire war enorm vielfältig und reichte von einem Stück über die Schlacht bei Waterloo bis zu Shakespeares „Hamlet".

Toone III., bürgerlich: Georges Hembauf, soll – so will der 1931 gegründete Verein „Les Amis de la Marionette" herausgefunden haben – über ein Repertoire von rund 1000 Werken verfügt haben. Überhaupt muß Monsieur Hembauf ein außergewöhnlich vielseitig begabter Mann gewesen sein. José Géal verbürgt sich dafür, daß sein großes Vorbild sechs Sprachen fließend beherrschte.

Gesellschaftlichen Zündstoff entwickelte Toones Marionettentheater sogar noch in den dreißiger Jahren des zwanzigsten Jahrhunderts. Die Rede ist von der skandalumwitterten „représentation pornographique", jener „pornografischen Vorstellung" angelegentlich der Eröffnung eines neuen Theaterkellers von Toone V. Vor den Augen des Bürgermeisters soll dort ein nackter Woltje aufgetreten sein und sich mit der ganzen Kraft seiner hölzernen Geschlechtlichkeit auf eine ebenfalls entblätterte Marionette gestürzt haben. Die Puritaner im Publikum schrien „Vorhang", der Bürgermeister Adolphe Max soll Augenzeugen zufolge herzhaft gelacht haben. Als sich jedoch die Presse über das unzüchtige Spektakel entsetzte, mußte der lasterhafte Lotterladen für einige Tage schließen. Toone als Tabubrecher.

Seit 1966 hat das von zahlreichen Krisen geplagte Marionettentheater unter der Ägide des ehrgeizigen José Géal eine neue Heimat, erstmals außerhalb des Marollen-Viertels in einer kleinen Seitenstraße unweit der Grand Place. Toone VII. reagierte mit dem Ortswechsel auf eine Entwicklung, die im Zeitalter der audiovisuellen Medien unausweichlich scheint. Das Marionettentheater wurde zum Anachronismus, verlor sein ursprüngliches Publikum und entwickelte sich notgedrungen – um überhaupt überleben zu können – mehr und mehr zur Touristenattraktion. Géals Verdienst ist es, diese Entwicklung rechtzeitig erkannt und dabei dennoch ein Höchstmaß an Authentizität gewahrt zu haben.

In dem 1696 gebauten, knorrigen Haus in der kaum anderthalb Meter breiten Impasse Schuddeveld, mitten im Brüsseler Restaurant-Quartier und Touristen-Zentrum Ilot Sacré, betritt man zunächst ein typisch belgisches „Estaminet", eine verrauchte Kneipe mit verkratzten Holztischen und vergilbten Wänden. An der Decke hängen alte Puppen. Überall kleben Plakate, die Stücke wie „Tijl Uylenspiegel", „Carmen" oder „Die belgische Revolution" ankündigen. Man trinkt Geuze und ißt riesige Brote mit weißem Käse.

Enge Treppen führen zur Kasse im ersten Stock. Im zweiten Geschoß schließlich erreicht man das eigentliche Theater: ein kleines Zimmer unter dem Dach, an dessen grob gezimmerten, schrägen Holzbalken ausrangierte Marionetten hängen. Aus einem Lautsprecher tönt Leierkastenmusik. Man setzt sich auf schmale Bänke aus Sperrholz, die durch bunte Kissen gepolstert werden. Eine Empore bietet Stehplätze. Die eigentliche Bühne ist vielleicht zweieinhalb Meter hoch. Halbierte Konservendosen verblenden die Podiumsbeleuchtung. Der Vorhang besteht aus bemalten Papp-Platten, die von den Puppenspielern nach jeder Szene vor das Portal geschoben werden. Meist vier bis sechs Spieler führen jeden Abend die Marionetten an Fäden und Stäben.

Gerüchte behaupten, der 1931 geborene José Géal stehe gar nicht mehr selbst in den Kulissen, sondern trete nur noch vor und nach jedem Stück mit seinen Angestellten auf. Fest steht: Stimmen, Geräusche und Musik kommen vom Band. Meist in Französisch oder Niederländisch. An manchen Abenden aber auch in Deutsch und Englisch. Besonders beliebt sind die Vorstellungen in Bruxellois, jenem vom Aussterben bedrohten Urbrüsseler Dialekt, der wohl nirgendwo so authentisch gepflegt wird wie in diesem Theater. Und selbst wer Schwierigkeiten hat, diese Mischung aus niederländischen, französischen und spanischen Ausdrücken zu verstehen, wird begeistert in die Welt der Holzpuppen eintauchen, die plötzlich zum Leben erweckt scheinen wie Pinocchio. Die Bewegungen der Arme, die Nuancen der Körpersprache saugen den Zuschauer in die Szene, lassen deren winzige Dimensionen vergessen. Selbst ein Fechtkampf, von den Fädenziehern virtuos umgesetzt, wird zum packenden, bedrohlich säbelrasselnden Spektakel.

Zu den berühmten Freunden des Marionettentheaters zählten Jean Cocteau und vor allem Michel de Ghelderode, der sich stark für die Wiederbelebung dieser Theater-Tradition einsetzte. Toone VII. ist stolz darauf, sogar schon die belgische Königin Fabiola in sein proletarisches Theater gelockt zu haben. Überhaupt ist Monsieur Géal, ein besessener Theatermann mit Ziegenbart und rastlosen Augen, stolz: auf sein Marionettenmuseum mit jahrhundertealten Figuren, auf seine Marionetten-Bibliothek, auf seine Marionettenvideothek, auf seine Tournee-Erfolge in Paris und Florenz, in Portugal und in der Schweiz, auf seine rund 250 Puppenfilme, die er für das Fernsehen produziert hat, auf seine vier Sprachen, die der von der europäischen Idee auf liebenswürdig naive Art begeisterte Belgier spricht.

Am stolzesten aber ist José Géal auf seine zwei Söhne. Die beiden begleiten ihn fast jeden Abend ins Theater. Und die Chancen, daß die Toone-Dynastie die (wirklich vorhandene) Krone – zum zweiten Mal in der Geschichte – innerhalb der Familie weitergibt, stehen nicht schlecht: Wenn er, Toone VII., um das Jahr 2000 an die Abdankung denke, wären seine Kinder José und Nicolas Mitte zwanzig. „Und vom Marionettentheater infiziert sind sie schon jetzt."

Géals leidenschaftlich verfolgtes Ziel: eine volkstümliche Tradition und Kulturform von gestern auch in Zukunft zu erhalten, „aber ohne folkloristischen Fetischismus und immer mit einem Bezug zur gegenwärtigen Realität". Ganz nebenbei gelingt Toones Marionetten-Stücken, deren Publikum im Durchschnitt dreißig Jahre alt ist, damit auch ein ebenso unverkrampftes wie humorvolles Plädoyer für das Regie-Theater. Wie in den Anfangstagen der Brüsseler Puppen-Bühne werden die Stücke mit Aktualisierungen gewürzt, ganz gleich ob Klassiker wie „Faust" oder experimentelle Werke wie Eric Saties Oper für Marionetten „Geneviève de Brabant".

In Thierry Bosquets „Le Bossu" etwa, das Toone schon 1858 im Repertoire hatte, werden zwei Edelleute beim verbotenen Fechten ertappt. Zur Strafe müssen sie „in die Tüte blasen". Geradezu politisch geht es dagegen in den „Drei Musketieren" zu: d'Artagnan und der Duke of Buckingham diskutieren über den Europäischen Binnenmarkt.

Adresse: Impasse Schuddeveld 6, Tel.: 5 11 71 37

Universitätsstadt Louvain-la-Neuve – im Zorn geboren.
Im Anfang war der Streit. So könnte in Belgien so manche
Schöpfungsgeschichte beginnnen. Der Zwist als Vater des Ge-
dankens, der Sprachenstreit als Initialzündung: Auch Louvain-
La-Neuve, Vorort von Brüssel, jüngste Stadt der Nation und
eine der besten Universitäten Europas, wurde im Zorn geboren.

1968 gab es auch in Belgien Studentenunruhen. Doch auf den
Transparenten in Leuven, der „Hauptstadt des flämischen
Zorns", standen andere Parolen: „Leuven vlaams" – Löwen flämisch – und immer wieder „Walen buiten!" – Wallonen raus!
Das Hauptanliegen der demonstrierenden Flamen war es, die
frankophonen Studenten aus Wallonien und die Kinder der
französisch-sprechenden Bourgeoisie aus Brüssel endlich von
der renommierten katholischen Universität im flämischen Leuven zu vertreiben. Ein Konsens zwischen den seit Jahrzehnten
zusammengezwungenen flämischen und wallonischen Abteilungen schien unmöglich, und mit mehr als 25 000 Studenten war
die 1425 gegründete Alma mater, die noch heute als größte katholische Universität der Welt gilt, ohnehin überlastet.

Die verantwortlichen Politiker und Kirchenväter handelten
schnell. Noch im gleichen Jahr wurde der Neubau einer frankophonen Tochteruniversität beschlossen. Und schon drei Jahre
später, am 2. Februar 1971, eröffnete der belgische König die
neue „Université Catholique de Louvain", seither nur noch
Louvain-la-Neuve genannt. Auf dem Wiesengelände von fünf
Bauernhöfen war etwa dreißig Kilometer südöstlich von Brüssel
eine Studentenstadt entstanden, die als urbanes Experiment unter Architekten fast ebenso bekannt wurde wie als exzellente
akademische Adresse. Die große Tradition Leuvens setzte Louvain-la-Neuve bruchlos fort. Auf ein Studium an Belgiens zwei-
geteilter Elite-Universität verweisen nicht nur bedeutende internationale Wissenschaftler, auch eine Reihe belgischer Politiker,
der Präsident von Bolivien und der spanische Ministerpräsident
Felipe Gonzáles machten hier Examen.

Heute, zwanzig Jahre nach der Gründung, verblüfft zunächst die Natürlichkeit des Stadt- und Straßenbilds von Louvain-la-Neuve. Über einen Durchmesser von rund zwei Kilometern erstrecken sich die selten höher als viergeschossig gebauten Häuser aus Beton und rotgelben Ziegeln. Vorlesungssäle neben Studentenwohnungen, wissenschaftliche Büchereien neben einem Schwimmbad, Labors neben Bäckereien, Verwaltungsgebäude neben Cafés und Kneipen. Nichts wirkt starr geordnet oder abgetrennt, die bunte Mischung der Lebensbereiche Arbeit, Wohnen, Freizeit soll die Struktur einer organisch gewachsenen Stadt nachvollziehen.

Von rund neunzehntausend Studenten wohnen etwa achttausendfünfhundert in Louvain-la-Neuve. Untergebracht sind sie in sogenannten „Kots" (von cottage), kleinen Appartements, in denen meist drei bis zehn Studenten eine Wohngemeinschaft bilden. Jeder hat einen eigenen Raum zum Schlafen und Arbeiten, der auffällig klein gehalten ist im Vergleich zu der großzügigen Küche, die alle Bewohner teilen. Ein kommunikativer Grundriß: für Einzelgänger wird es schnell zu eng hier.

In den schmalen Gassen drängen sich um die Mittagszeit und zwischen den Vorlesungen die Studenten in Geschäften und Restaurants. Es riecht nach frischgebackenen Waffeln und Pommes frites. Eine große Mensa gibt es nicht, auch hier herrscht das Prinzip der Dezentralisierung. Essen geht man beim Italiener, Griechen oder Chinesen. Viele kaufen sich an Straßenständen ein Sandwich. Eine Art Hauptstraße zieht sich vom Place de l'Université, wo der Rektor und die Verwaltung residieren, bis zum Place de Science, einem Vorlesungskomplex für Naturwissenschaften. Vor dem durch Rundbögen, Halbkreise und Bullaugen wie ein Käse durchlöcherten Betongebäude liegt ein mit Holzbohlen ausgekleideter Platz, der einfach Treffpunkt, manchmal aber auch eine Art Freilufttheater sein kann. Entlang der großen Straße und ihrer Seitenarme haben sich in kleinen Läden Metzger, Bäcker, Fotogeschäfte, Reisebüros, Banken, sogar Versicherungen niedergelassen. Nur die Dominanz von Schreibwarengeschäften, Computerhändlern und Copy-Shops deutet eine studentische Monokultur an.

Offiziell freilich dürfte es die gar nicht geben. Louvain-la-Neuve war von Anfang an als Stadt geplant, die vor allem auch ältere Leute und Familien mit Kleinkindern anziehen sollte. Nicht zuletzt ein reges Kulturleben, drei Kinos, ein Museum und ein Theater mit 800 Plätzen, sollten die Attraktivität der Trabantenstadt steigern. So recht funktioniert hat dieser intendierte Magnetismus bisher jedoch nicht. Dreitausend Nichtstudenten leben heute dort, die meisten gehören entweder zur Familie der rund 900 Professoren und Lehrbeauftragten oder gehen einer anderen mit der Universitätsstadt verbundenen Arbeit nach.

„Wir waren davon überzeugt, daß eine universitas studiuorum nicht auf einem Campus – wie in Harvard –, einem von der Realität isolierten Getto, am besten funktioniert, sondern in einer normalen städtischen Umgebung. Die Universität sollte ein Teil der städtischen Struktur sein", erklärt Michel Woitrin, der als Vorsitzender des Verwaltungsrats der Université Catholique de Louvain und als entscheidender Ideengeber lange Jahre die Geschicke der Institution lenkte. Heute lebt der pensionierte Professor in Louvain-la-Neuve und wird, auch wenn er kein offizielles Amt mehr bekleidet, von vielen Professoren und Studenten als Berater geschätzt und als idealer Vater des neuen Löwen verehrt.

Gemeinsam mit dem Architektur-Professor Raymond Lemaire entwickelte Woitrin das ästhetische und vor allem funktionale Credo der Universitätsstadt. Bei der Konzeption waren zwei Vorbilder entscheidend: Löwen und Cambridge. Das Vorbild einer mittelalterlichen Stadt, auf deren kleinen, verwinkelten, dezentralen Straßen und Plätzen Leben und Lernen untrennbar ineinander übergehen können, wurde in Louvain-la-Neuve mit den Erkenntnissen moderner Stadtplanung verbunden. So gibt es Autos nur unter- und außerhalb des eigentlichen Stadtkerns. Ein Großteil des Geländes ist mit Parkhäusern unterkellert, und die meisten Zufahrtsstraßen enden am Stadtrand in Parkbuchten. Ein relativ großer Bahnhof sorgt für regelmäßige Verbindungen mit dem Zentrum von Brüssel. Die Geschäfte und einige akademische Institute sind von Arkaden gesäumt, so daß man im Sommer schattig-kühl und im Winter nahezu trokken von einem Stadtteil in den anderen gelangen kann.

Mit einer wirklich in Jahrhunderten gewachsenen Siedlung wird diese Anlage nie konkurrieren können. Louvain-la-Neuve, eine Stadt, die nie Zeit hatte, erwachsen zu werden, weil sie schon gleich volljährig auf die Welt kam: Nach rund einem Vierteljahrhundert zeigen die Häuser und Straßen trotzdem Spuren des Alters. Der Beton schwitzt Rost, Hinweisschilder werden rissig. Und es ist ein bißchen so, als wenn ein schönes Foto Falten bekommt.

Stolz sind Louvain-la-Neuve und der amtierende Universitäts-Präsident Pierre Macq vor allem auf den hohen Ausländeranteil unter den Studenten. Rund viertausend Kommilitonen aus 105 verschiedenen Ländern verteilen sich auf die fünfzig Abteilungen der zehn Fakultäten. Damit hat Louvain seine flämische Schwester Leuven statistisch überflügelt, die mit dem weniger attraktiven Niederländisch als Unterrichtssprache nicht so viele Gäste anlockt. Positiv für Louvain-la-Neuve wirkt sich hier auch die Wohnsituation aus, die gerade für Ausländer am Anfang sehr reizvoll ist: „In den Kots, aber auch in jeder Kneipe und auf der Straße kommt man sehr leicht mit anderen Studenten in Kontakt", erklärt ein japanischer Jura-Student. Und eine Biologie-Studentin aus Lima ergänzt: „Das gemeinsame Leben im Kot ist der beste Sprachkurs."

Besonders renommiert sind die Fachbereiche Philosophie und Ökonomie, hier besonders das „Center for operational research" sowie die in das nahegelegene Louvain-la-Woluwe ausgelagerte medizinische Fakultät. Das Institut für Psychologie schließlich belegte bei einer von der französischen Zeitung „Libération" veröffentlichten Universitäts-Bewertung in Europa den ersten Platz, noch vor Oxford, Paris, Cambridge und – Ironie des Schicksals – dem flämischen Löwen.

Mehr als zwei Millionen Bücher und neuntausend Zeitschriftentitel können die Studenten hier in sieben Bibliotheken ausleihen. Die Bücher der Schwester-Universität Leuven nicht mitgerechnet, die den Studenten ebenfalls per Kurierdienst zur Verfügung stehen. Leuvens berühmte Bibliothek, die einst von deutschen Besatzern verwüstet und um 300 000 Bände dezimiert wurde, teilte man Ende der sechziger Jahre nach dem einfachsten und willkürlichsten System auf: Die ungeraden Registriernummern blieben in Leuven, die geraden kamen nach Louvain-la-Neuve.

Ob als akademische Herausforderung oder als städtebauliches Experiment – an der Universität im Süden Brüssels scheiden sich die Meinungen. Für die einen ist es das urbane und intellektuelle Paradies auf Erden, die anderen halten es für eine gescheiterte Utopie, für eine Art Legebatterie der Akademiker, die als Getto der Ratio Gefühle und Individualismus ausgrenzt. Louvain-la-Veuve ist einer der Spottnamen, Louvain die Witwe, die alleingelassene Stadt: „Wo ist das Leben? Ich habe es gesucht und nichts als Wissenschaft gefunden", stand an einer Wand in Louvain-la-Neuve. Und ein anderer malte einen traurigen Clown und schrieb dazu: „Die Stadt ist tot, der Clown weint." Louvain-la-Neuve kann beides sein: Geistes-Stadt und Geisterstadt.

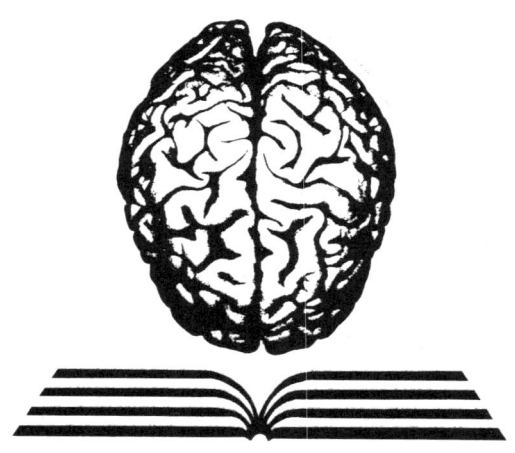

Volk mit vielen Eigenschaften – Suche nach dem homo
metropolis. Auf der Suche nach dem typischen Brüsseler
bin ich bis heute nicht fündig geworden. Wer sollte es denn auch
sein: der Bourgeois, der sein Stadtschloß in Uccle nur zu Opernpremieren oder Diplomatenempfängen verläßt, seine Kinder
zum Studieren in eine katholische Universität schickt und sie
dann im Tennisclub standesgemäß verheiratet? Oder der Alte,
der in den Marollen ein Café besitzt, jeden Tag drei Liter Geuze
trinkt, weder richtig Flämisch noch Französisch spricht, dafür
aber in polterndem Bruxellois von dem König schwärmt? Vielleicht der Belgo-Zairois, vor zwei Jahrzehnten aus der Kongo-
Kolonie eingewandert, der mit vier Kindern nahe der Porte
Namur in einer winzigen Wohnung lebt und jede Nacht in seinem Jazz-Club von den schönen Tagen in Kinshasa träumt? Der
englische EG-Beamte, für den Brüssel im Büro oder in seinem
Reihenhaus in Waterloo vor dem Fernseher stattfindet, der tür-
kische Gastarbeiter, der sich darüber freut, in Brüssels Türken-
viertel bessere Kebabs zu essen als in Istanbul, der französische
Antiquitätenhändler, der jeden zweiten Abend in einem Drei-
Sterne-Restaurant seine Geschäftserfolge begießt und nach der
zweiten Flasche wortreich zur Besichtigung seiner Sammlung
von Empire-Stühlen einlädt, der flämische Theatermacher, der
mit kurzgeschorenem Blondhaar und im schwarzen Sado-Maso-
Dreß seinen Ruf als Enfant terrible pflegt und in Szene-Kneipen
spektakuläre Exzesse zelebriert, der wallonische Bankangestell-
te, der jedesmal seine wenigen Brocken Deutsch zusammenrafft
und mit leuchtenden Augen von Besuchen in Berlin und von der
Öffnung der Mauer schwärmt?

Stolz auf ihre Alt-Brüsseler Herkunft erzählt die Franzö-
sischlehrerin, die ihre Jugend im Kongo verbrachte und nun jeden Tag didaktische Geduld übt, ruhig und gütig, etwas korpu-
lent schon, die Haare nie wirklich gut frisiert, die Kleider nie
richtig modisch, die Wohnung nie ganz ordentlich aufgeräumt,
aber immer einen frischen Kaffee in der Kanne, immer Küchen-

düfte in der Luft, immer eine Flasche Wein für den Abend geöffnet, nie neugierig, aber jeden Tag freundlich, interessiert an allem und offen für alles.

Nein, einen charakteristischen Homo metropolis, wie den hektischen Großstadtneurotiker von New York oder den elitären Chauvinisten aus Paris, kann man in Brüssel nicht ausmachen. Gemeinsam haben die meisten Individualisten nur eine Liberalität, der nun wirklich gar nichts Menschliches fremd ist. In Brüssel lebt kein „Volk ohne Eigenschaften", sondern eines mit besonders vielen.

W aterloo – wo das Schlachten eine Show ist. „History goes High Tech", wirbt das Waterloo Visitors Centre. Und verspricht nicht zuviel. Das Schlachten ist hier wirklich eine Show.

Wir erinnern uns: Waterloo, der Triumph der antinapoleonischen Allianz, die letzte Schlacht und die größte Niederlage des aus der Verbannung in Elba zurückgekehrten Napoleon, des Kaisers Sturheit, Blüchers Flankenangriff und Wellingtons Jagd hügelabwärts, eine folgenreiche Sternstunde für Britanniens und Preußens Stellung in Europa, ein Action-Kapitel der Geschichtsbücher, der Stoff, aus dem Veteranenträume sind.

Die flämische Gemeinde Waterloo – und nicht „Woderluu", wie Freunde der Waterloo-Station in London oder der Popgruppe „Abba" immer wieder fälschlich prononcieren – muß wilde Erwartungen enttäuschen: ein braver Ortskern, ein gepflegtes Wohnviertel, in dem sich überwiegend englische EG-Beamte niederlassen, eine Kirche, die von weitem interessanter wirkt als aus der Nähe. Auch die vielen Denkmäler, von der Victor-Hugo-Säule über das Franzosen-Denkmal des „Verwundeten Adlers" bis zum Denkmal der Hannoveraner sind so aufregend nicht. Beerdigte Heldenkörperteile oder das Wellington-Museum, na ja. Die legendäre Höfe Belle Alliance, Haie Sainte oder Hougoumont, nun gut. Aber irgendwie fehlt die Dramatik in den Vorgärten fleißiger, flämischer Bürger. Die grünen Felder sind fruchtbar – statt Blutspuren, Uniformfetzen oder wenigstens verrosteten Gewehrläufen nichts als strammes Getreide.

Doch das Visitors Center am Löwenhügel, dort, wo einst Prinz von Oranien verwundet wurde, versöhnt den erlebnishungrigen Hobby-Historiker, der an einem so geschichtsträchtigen Ort ja schließlich nicht von ungefähr ein gewisses Anrecht auf Schauer des Grauens reklamiert. Der 45 Meter hohe, angeblich 28 000 Kilo wiegende und über zwei Hektar sich erstreckende Hügel wurde zwischen 1823 und 1826 in mühsamer Handarbeit aufgeschüttet. Auf seinem Gipfel thront ein Löwe, dessen rechte Vorderpfote souverän und imperial auf einer Erdkugel ruht. Um den erhabenen und erhebenden Anblick aus der Nähe zu genießen oder einen Rundblick auf das Panorama der ehemaligen Schlachtfelder zu werfen, muß man einen Aufstieg über 226 steile Stufen in Kauf nehmen, der selbst jugendlichen Touristen schon den Atem geraubt haben soll. Seit 1990 gibt es eine bequemere Attraktion. Vom Reisebus direkt ins Vergnügen: Ein technisch aufwendig ausgerüsteter Pavillon am Fuße des Hügels fungiert als „Tor zu dem Schlachtfeld", Disney läßt grüßen im Waterloo-Land.

Familienväter bringen hier vor allem deshalb ihre – meist desinteressierten – Kinder mit, um ein Alibi für den eigenen Kriegsspieltrieb zu haben. In dem Empfangsraum herrscht geschäftiges Treiben, vom Zinnsoldaten bis zum Waterloo-T-Shirt reicht das Geschichts-Merchandising. Ein halbrundes Auditorium umgibt den Zuschauer schließlich mit mystischer Stille und Dunkelheit. Vor einer Breitleinwand steht ein zehn Quadratmeter großes Modell, das die Schlachtfelder zeigt wie die Landschaft einer Modelleisenbahn. Plötzlich beginnen Lichter zu blinken, Orientierungspfeile zu leuchten. Soldatenheere geraten in Bewegung, auf der Leinwand flackern Lagerfeuer, Sturm braust, Regen prasselt, Pferde wiehern. Der 18. Juni 1815 nimmt seinen Lauf. Eine Stimme aus dem Off lehrt uns das Fürchten. Schüsse knallen, Menschen schreien, Musik legt sich über die Szene, Wagner wabert düster, dann aufpeitschende Blechfanfaren zur Attacke. Bunte Scheinwerfer illuminieren die Truppen, die Son-et-Lumière-Spektakel der Loire-Schlösser sind harmlos dagegen. Soldatenheere klappen seitlich weg, Lichtblitze zukken, Pulverdampf legt sich in Form von Trockeneis über das Spielschlachtfeld.

Wohnzimmerstrategen schreiten aufgewühlt davon. Die Kinder gähnen.

Von Napoleon wird der Satz überliefert: „Vom Erhabenen zum Lächerlichen ist es nur ein Schritt." In Waterloo wirbt man weiter: „A spectacular Show."

Adresse: 252 Route du Lion

Wohnungssuche – mit offenen Augen und guten Schuhen.
Möglichst mitten drin will ich wohnen. Nicht direkt an der überlaufenen *Grand Place*. Aber im Zentrum sollte es schon sein. Am besten in der Nähe des alten Fischmarktes, zwischen Börse und dem Getreidemarkt.

Die Suche nach Immobilienanzeigen in den Tageszeitungen ist ergebnislos. Und bei Makleragenturen weist man mich – bei einer Mietgrößenordnung unter dreitausend Mark – freundlich aber bestimmt zurück. „In Brüssel braucht man zur Wohnungssuche nur offene Augen und gute Schuhe", klärt mich ein Bekannter auf, „die Anzeigen für leere Wohnungen hängen einfach in den Fenstern". Ich solle dorthin gehen, wo ich wohnen möchte und mich einfach umsehen.

Ungläubig begebe ich mich also genau in das Epizentrum meiner Wohnvorstellung. Vom Eingang der Börse laufe ich los, geradeaus, den Blick suchend nach oben gerichtet. Und schon nach wenigen Häusern hängt tatsächlich ein fluoreszierend rotes Papierschild in einem Türfenster: „A LOUER – TE HUUR". Anderthalb Zimmer, steht kleingeschrieben darunter, und daß man sich beim Geflügelmetzger nebenan melden solle. Leider zu klein, obwohl die Gegend und der schöne Altbau ideal gewesen wären. Aber zumindest das Prinzip, das skurrilste, modernste, sinnvollste und praktischste der Welt übrigens, scheint ja zu funktionieren. Ohne mich bei dem Metzger zu melden, laufe ich weiter, durchstreife das gesamte Viertel. Erfolglos. Keine einzige Mietwohnung. Nur ein ganzes Haus steht in dem Quartier noch zum Verkauf, ebenfalls auf einem roten Zettel, „A VENDRE – TE KOOP".

In einer Wohngegend zweiter Wahl geht es weiter. Hier hängen die roten Schilder häufiger, machmal nur mit Telefonnummer, Besichtigung „nach Rendez-Vous", oft aber auch mit einem Namen, der auf einer nahegelegenen Klingel zu finden ist. Angucken kann man die angebotene Wohnung sofort, auch wenn man die Vormieter oder die Besitzer gerade beim Essen stört. An Altbauten ist kein Mangel. Brüsseler, die etwas auf sich halten, wohnen nämlich – sofern sie nicht ohnehin in kleinen Châteaux und Villen am Stadtrand logieren – in möglichst neuen

Wohnungen. Parkett und Stuck gelten in Brüssel bei einem nicht unwesentlichen Teil der Bevölkerung eher noch als Zeichen einer überkommenen Epoche, denn als Symbol ästhetischer Lebensqualität. Nostalgisch ist die verfügbare Bausubstanz also häufig, allerdings auch nicht selten unbewohnbar. Das alte Mütterchen, das ein mit zitternder Schrift bekritzeltes Angebot ins Fenster gehängt hatte, führt mich durch dunkle, feuchtkalte, modrig riechende Räume, riesig groß, von bourgeoiser Herkunft, mit herrlichen Marmorkaminen, aber leider ohne Heizung, ohne Küche und mit Etagen-Toilette. „On s'arrange" meint sie mit fürsorglichem Lächeln, so als hätte sie vor, einem jeden Tag selbst die Schüssel mit warmem Wasser zur Morgenreinigung zu bringen.

Auch als ich den Innenstadt-Traum schon aufgegeben habe und in Ixelles, Schaerbeek und Le Foret suche, häufen sich die absurden Angebote: etwa eine zweihundertvierzig Quadratmeter große Altbauwohnung, die der Gemeinde gehört und für deren Besichtigung man nach Stunden des geduldigen Wartens erst einmal einen Beamten der Gemeindeverwaltung zum Bier einladen muß, bevor er einen dann alleine mit dem Schlüssel losziehen läßt. Doch leider läuft der Mietvertrag über neun Jahre, und sanitäre Anlagen sind auch hier nicht vorhanden. Eine Penthouse-Wohnung scheint ideal, bis man von der Terrasse blickt, direkt in einen Gefängnishof hinein, auf einen dunkelgrauen, runden Betonkäfig, in dem die Gefangenen spazierengeführt werden wie Raubtiere an der Leine. Dann endlich ist das optimale Appartement gefunden, direkt gegenüber von einem schönen Park, groß, gut geschnitten. Doch daß der soignierte Besitzer – Antiquitätenhändler und sichtlich Gourmet aus Leidenschaft – den Preis auf dem Verkaufsschild vergaß, hat gute Gründe: umgerechnet 3500 Mark, kalt.

Nach vier Tagen verzweifelter Suche und wachsender Kompromißbereitschaft, die mich vom Stadtkern entfernt hat wie die Wellenkreise eines ins Wasser geworfenen Steins, treibt es mich wieder an den Ausgangsort der Suche zurück. Noch einmal schleiche ich an dem Idealhaus neben der Geflügelmetzgerei vorbei, noch immer hängt das flimmerndrote Schild. Wenigstens angucken kann man sich die anderthalb Zimmer ja einmal. Die flämische Metzgerin führt mich mißmutig in den dritten Stock und zeigt mir geräumige dreieinhalb Zimmer, gerade renoviert, mit Balkon, Küche und großem Bad. Als ich irritiert – und um einem Mißverständnis vorzubeugen – die angekündigten anderthalb Zimmer erwähne, lacht die Vermieterin nur aus ihrem roten, runden Gesicht: „Ach, wissen Sie, das schreiben wir immer hin, sonst kommt so einer, der sich als Alleinstehender ausgibt und dann mit drei Frauen und zwölf Kindern hier einzieht." Man arrangiert sich eben doch.

Zwischentöne aus der Lunge – das Brüsseler Hustenverbot. Musik ist mit Geräusch verbunden. Das wußte schon Wilhelm Busch. Und auch wenn er damals nicht die Nebengeräusche meinte, hat er doch auf prophetische Weise recht behalten. Die Epidemie ist längst unüberhörbar geworden: das philharmonische Husten. Jeder kennt die Situation. Kaum ist der Satz eines ergreifenden Konzertes, einer erhabenen Sinfonie oder Sonate verklungen, da bricht in den Musikauditorien der westlichen Hemisphäre ein lungensanatoriumhaftes Husten los. Egal zu welcher Jahreszeit, in den wenigen Sekunden der Stille hebt ein geradezu hysterisches Röcheln, Schnauben und Schnupfen an, von einer Wucht, die die Geräuschkulisse des „Zauberbergs" zum harmlosen Hüsteln degradiert: die blanke Bronchialgewalt. Kein Kraut scheint gegen diesen nervösen Akt der präventiven oder rückwirkenden Thoraxzuckung gewachsen. In München brach einst der Pianist Alfred Brendel einen besonders euphorisch-ekstatisch zerhusteten Klavierabend kurzerhand ab und erklärte der lungenrasselnden Menge, die Grundlage der Musik sei die Stille. Der findige Manager desselben Veranstaltungsortes läßt seitdem vor jedem Konzert Mentholbonbons in nichtknisterndem Wachspapier verteilen. Ohne Erfolg. München hustet. Und mit ihm die gesamte Musikwelt von Paris bis Palermo und von Madrid bis Moskau. Mit einer Ausnahme: In Brüssel herrscht zwischen den Sätzen eines philharmonischen Großereignisses zumeist Friedhofsstille. Dabei sind die Belgier im Grunde ein relativ ungehemmtes Volk, lustvoll schlemmende und auch schon mal zwanglos zu spät durch die Reihen drängende Kulturgourmets. Aber beim Husten zeigt sich die Erziehung. Allenfalls ein erwartungsvolles Stühleknarren ist bei den sinfonischen Soireen etwa im Palais des Beaux Arts zu hören. Knisternde Ehrfurcht. Von soviel Stille beschämt, fällt der verlegene Blick des Fremden auf das Programmheft. Und da steht es dann. In für frankophone und wohl auch flämische Sprachverhältnisse ziemlich unverblümter Weise wird der Konzertbesucher aufgefordert: „Bitte während des gesamten Konzerts nicht husten." Punkt. Keine höfliche Einschränkung, sondern einfach ein Hustenverbot. Die liberalen Belgier, die ihre Revolution vor hundertsechzig Jahren ausgerechnet in der Oper begannen, folgen, und die angeblich befehlsempfänglichen Deutschen staunen, was Verbote und Gebote so alles bewirken können. Nicht auszudenken, wie unsere Kulturlandschaft revolutioniert werden könnte. Mit einem Satz: „Bitte zuhören!"

Bitte nicht Husten!

Insider-Lexika

Elke Freyermuth/Gundolf S. Freyermuth
Berlin
Das Insider-Lexikon
1993. 167 Seiten. Paperback
Beck'sche Reihe Band 490

Josef Oehrlein
Madrid
Das Insider-Lexikon
1993. 174 Seiten. Paperback
Beck'sche Reihe Band 1008

Gisela M. Freisinger
New York
Das Insider-Lexikon
1990. 174 Seiten. Paperback
Becksche Reihe Band 422

„In mehr als 70 Stichworten werden die typischen Phänomene dieser ungewöhnlichen Stadt vorgestellt, ihre Nervositäten, Schrullen, Besonderheiten und die Art, wie die Einheimischen mit der ‚wunderbaren Katastrophe' New York umzugehen gelernt haben."
Wiener Zeitung

„Das ultimative Muß für alle New York-Fans und Amerika-Süchtige."
Frankfurter Rundschau

„… Eine Art Reiseführer für Fortgeschrittene."
Reise und Urlaub

Verlag C. H. Beck München

Auswahl aus der Beck'schen Reihe

Jean Liedloff
Auf der Suche nach dem verlorenen Glück
Gegen die Zerstörung unserer Glücksfähigkeit in der frühen Kindheit
Aus dem Englischen übertragen von Eva Schlottmann und Rainer Taeni.
305. Tsd. 1993. 220 Seiten. Paperback
Beck'sche Reihe Band 224

Sibylle Meyer/Eva Schulze
Balancen des Glücks
Neue Lebensformen: Paare ohne Trauschein, Alleinerziehende und Singles
2., unveränderte Auflage. 1992. 252 Seiten. Paperback
Beck'sche Reihe Band 381

Bruno Natsch
Gute Argumente: Abfall
1993. Ca. 150 Seiten mit 53 Graphiken und Abbildungen. Paperback
Beck'sche Reihe Band 1006

Thomas Bergmann
Giftzwerge
Wenn der Nachbar zum Feind wird
75. Tsd. 1992. 183 Seiten. Paperback
Beck'sche Reihe Band 473

Rolf Wilhelm Brednich
Die Spinne in der Yucca-Palme
Sagenhafte Geschichten von heute
316.–340. Tsd. 1992. 157 Seiten. Paperback
Beck'sche Reihe Band 403

Rolf Wilhelm Brednich
Das Huhn mit dem Gipsbein
Neueste sagenhafte Geschichten von heute
1993. 185 Seiten. Paperback
Beck'sche Reihe Band 1001

Verlag C.H.Beck München